貴婦人Ａの蘇生

新装版

小川洋子

朝日文庫

本書は二〇〇五年十二月、小社より刊行された文庫の新装版です。

目次

貴婦人Aの蘇生　5

解説　藤森照信　257

巻末エッセイ　中嶋朋子　263

貴婦人Aの蘇生　新装版

1

　伯母さんを迎えに病院へ行った時、彼女はベッドに腰掛け、クリーム色の化粧ポーチに刺繍をしていた。素晴らしく天気のいい、日曜日の朝だった。南向きの窓からは鮮やかな光が差し込み、伯母さんの横顔を照らしていた。

　私はベッドに近寄り、隣に腰を下ろした。スプリングが軋んで手元が狂ったのか、伯母さんは針を止め、あっと短い声を漏らした。

「ごめんなさい」

　私が謝ると、伯母さんはようやく顔を上げてこちらを見やった。

「いいのよ。気にしないで」

そして再び、刺繍の続きに取り掛かった。

病室を見回したところ、退院の準備は何一つできていない様子だった。ベッドの周りは数か月に及ぶ入院生活を物語る雑多な品々であふれ返っていたし、伯母さんはまだ着替えてもいなかった。襟元のゴムが伸びきった、ネグリジェ姿だった。

茶しぶだらけのティーセット、本の山、カメラとフィルム、シガレットケース、丸まったブラジャー、中身がはみ出した裁縫箱、伯父さんの写真、かつら、ドロップの缶……。あらゆる物が何の秩序もなく、しかし絶妙のバランスを保ちつつ、狭い空間に押し込められていた。これらを全部運び出すにはかなりの労力を必要としそうだった。

けれど病室の風景を決定付けていたのはその乱雑ぶりではなく、部屋中あちこちに施された刺繍だった。タオル、化粧ケープ、枕カバー、スリッパはもちろん、果ては病院の備品であるはずのカーテンからシーツにいたるまで、針が突き刺さる布製品にはすべて、赤と金の糸で同じ絵柄が刺繍されていた。それは例外なく、飾り文字に図案化されたアルファベットのAの周囲を、蔓バラが飾っているデザインだった。病室に足を踏み入れた途端、視線をどこに向けようとも、Aの刺繍から逃れることはできないのだった。

それにしてもどうしてAなのだろう。私は不思議に思った。伯母さんの名前は正式にはユリア、但しこれはパスポートに記載されているだけで、普段使っていたのはユーリ子、親戚の間で通っていた愛称はユーリ伯母さんだった。伯父さんの名前にも、住んでいる地名にも、生まれ月にもAの文字は見当たらない。

「素敵ね」

ベッドを揺らさないよう注意しながら私は言った。

「本当に？　ありがとう」

恥ずかしそうに肩をすくめて伯母さんは答えた。

あまりに熱心に針を動かしているので、私はAの意味について尋ねることができなかった。熱心さの理由がどこにあるのかは分からなかったが、針をつまむ皺だらけの指先と、背骨が浮き出した丸い背中には、安易に踏み込めない張り詰めたひたむきさが宿っていた。とりあえず私は化粧ポーチの刺繍が仕上がるのを待つことにした。幸い、あと蔓バラの花びらが一枚か二枚、残っているだけのようだった。

改めて近くでよく見れば、刺繍の腕は上等とは言えなかった。図案は優雅で洗練されていたが、針の目は粗く、下絵をはみ出し、糸の引っ張り加減が不揃いなせいでポーチの絹地は所々ひきつれていた。

窓から風が吹き込んできて、ふんわりカールした伯母さんの白髪を揺らした。時折廊下を行き過ぎる足音がしたが、病室のドアを開ける人は誰もいなかった。シュルシュルと糸がすり抜けてゆくわずかな気配だけが、私たちの間を漂っていた。

初めて出会った時、私は十歳の少女だったが、伯母さんはもう十分すぎるほどのお婆さんだった。歳を取っているという以外、他に形容の仕方が見つからなかった。もうこれ以上老いが入り込む余地などないと思われたのに、あれから十年が経ち、更に容赦なく彼女は老い衰えていた。

針は目指す場所へなかなかたどり着けず、何度も左手の薬指を突き刺した。そのたびに伯母さんは傷口をなめ、眉間に力を込めて狙いを定めるのだが、指先の震えはひとときも止むことがなかった。歯の抜けた口元は貧弱にしぼみ、ネックレスは首元の皺の間に半ば埋もれ、ネグリジェの襟からのぞいて見える干涸びた乳房は、肋骨の上にぐったりと横たわっていた。

ただ一つ変わっていないのは、瞳の色だった。どんなに残酷な時の流れでさえ、その青色を汚すことはできないかのようだった。それは思慮深さと気高さをたたえ、同時に苦しみと孤独を隠し持っていた。瞳ではないもののように美しかった。私は伯母さんの顔を正面から見るたび、睫毛の奥にある青色のたまりに、指を浸してみたくてたまらない気持にとらわれる。

伯母さんは花びらの輪郭をつなぐ、最後のステッチを刺し終え、余った糸をハサミで切り落とした。

「できたわ」

晴れ晴れとした顔で伯母さんは言った。

「素晴らしいじゃない」

私は彼女の肩を抱き、もう片方の手でポーチを撫でた。

「これにお化粧道具をしまって、家へ帰りましょう」

「家ってどこ？」

「伯父さんと一緒に住んでいた家よ」

「彼はもういないわ」

「ええ、そうね。辛いことだけど……」

「どうして帰らなくちゃならないの？」

「退院できるのよ。元気になったの」

「気が進まないわ」

「一人じゃないから、安心して。私が一緒よ。何の心配もいらない。さあ、荷物を全部ボストンバッグに詰めなくちゃね」

早速私は作業に取り掛かった。ユーリ伯母さんはうつむいたきり、いつまでも刺繍の縫い目をいじっていた。足元に、赤と金の糸くずが散らばっていた。

正直なところ、自分が伯母さんと一緒に暮らすことになるとは思ってもいなかった。ユーリ伯母さんの夫、つまり伯父と私の母は二人きりの兄妹ではあったが、歳が離れているうえに、ライフスタイルがあまりにも違いすぎていたので、親しい行き来はしていなかった。

伯父さんは大学で地質学を勉強したあと、海底油田の調査分析をする仕事に就き、主に北海周辺で暮らしていたが、いつの間にか行方知れずとなり、久しぶりに日本へ戻ってきてからは、職を転々としていた。会社勤めをしても長続きせず、あれこれ訳の分からない商売に手を出しては、次々に失敗した。とにかくまとまりがないのだった。フワフワとして落ち着かず、夢見心地でありながら図抜けた行動力を持ち、人前ではいつもぎこちなく不機嫌を装っていた。伯父という人間の輪郭をなぞろうとしても、結局は無駄だった。たどるべき線はぼやけてはっきりしないか、こちらの予想をはるかに超える突飛な形を成すか、どちらかだった。

一方母は洋裁学校を卒業してすぐ、私立の大学で労働法を専門に研究する教師の父と結婚し、程なく私と弟を産んだ。母の関心は、子供たちの健康と夫の研究成果、あとは3DKの教職員住宅を清潔に保つこと、おおよそこの三つに集約されていた。勤めに出た経験もなく、芸術に親しむ素養もなく、ただ家庭生活の中だけで自分を築いている人だった。

彼らの関係が微妙なものであることは子供の私にも読み取れた。伯父さんを話題にする時、母が漏らす「いったいどういうつもりかしら……」という言葉の調子や、父の目元に現われる、押し殺そうとしてもなかなか隠しきれない不愉快な表情が、我が家における伯父さんの立場を象徴していた。どんな時であろうと机の前にじっと座り、法律の本を読むことを最優先させる父にとっても、やはり伯父さんは不可解な存在だったようだ。確かに、いつかとんでもない厄介事を引き起こすんじゃないだろうか、そんな漠然とした不安を感じさせる人ではあった。

しかし実際、伯父さんが我が家にトラブルを持ち込んだことは皆無だった。長い間独身でいたが、女性の問題でもめた様子はなかったし、金銭的な援助を求めてくることもなかった。もしかしたら母は、伯父さんに対してねじれた憧れを抱いていたのではないだろうかという気もする。我々の前に登場してくる時、彼はいつでも上品な格好をしていた。写真に残っている彼は、質のいい背広を着こなし、磨き込まれた革靴を履き、外国製のリキッドで髪を撫でつけている。無口な人だったが、ただ黙ってじっとそこにいるだけで、誰も触れたことのないどこか遠い世界の匂いを醸し出しているかのようだった。

たぶん母はその匂いに圧倒され、めまいを起こしていたのだと思う。遠い世界から漂ってくる自由の気配に心を動かされながら、同時に畏れも感じていたのだろう。

一つだけ、鮮明に記憶に焼き付いている場面がある。初夏の夕方、教職員住宅の玄関に伯父さんが立っている。私を見つけ、「やあ」と言って片手を挙げる。父は書斎、母はお風呂場の掃除中で、私以外誰も伯父さんの来訪に気付いていない。とろけそうなほどのオレンジ色に染まった西日が、背中から照りつけ、彼の身体をすっぽり包んでいる。光に埋もれてしまった姿は、どんなに瞬きをしても浮かび上がってこないのに、私にはそれが間違いなく伯父さんだと分かっている。

光は宙のはるかな一点から、特別に選ばれた伯父さん一人を目指して降り注いでくる。私は陰に沈んだ部屋の片隅にたたずんでいる。ほんの少し手を伸ばせば、自分も光の端に触れられそうなのに、本当はそうしたくてたまらないはずなのに、息苦しくて身体が言うことを聞かない。もし本当にそうしてしまったら、自分も西日に吸い込まれ、二度と同じ場所へ戻ってこられないかもしれないと、怖がっている。伯父さんはまるで私を誘うように、いつまでもじっと待っている……。

ちょうどこの記憶と重なる時期、四十半ばを過ぎた伯父さんは突然、放浪生活の終結を宣言し、塩化ビニール素材の製造工場経営に乗り出した。なぜ塩化ビニールなどという、確実で素っ気ない対象を選んだのかいまだに不明だが、それまでのあやふやな人生を断ち切るためには、大胆な転換が必要だったのだろう。一つの場所に落ち着き、決まった時間工場を動かし、お金の計算をする。何もかもが以前とは正反対だった。いずれにしても伯父さんは、焦点を定めたのだ。

母の予想に反して事業は成功した。あっという間に工場は大きくなり、従業員も増えた。しかし伯父さんのスタイルは昔と同じだった。相変わらず背筋をぴんと伸ばし、身だしなみに気を配ってはいたが、決して贅沢というほどではなかった。

ただ、郊外の湖のほとりに大きな家を建てた。一人で住むには広すぎる、堂々とした館だった。伯父さんは工場経営に打ち込む傍ら、動物の収集に没頭するようになる。生きた動物ではない。剝製、毛皮、牙、角の類、つまり死んだ肉体のコレクションである。それらの収集品を飾るために、広い家が必要だったのだ。

現実世界へ根を張ってゆくのと比例するように、伯父さんの動物収集熱は高まっていった。唯一の楽しみとも言えたが、母にとってみれば、せっかく軌道に乗りかけた健全な社会生活を脅かしかねない、薄気味悪い道楽に過ぎなかった。

やがて、母を本当に驚かせる出来事が起こった。伯父さんが結婚したのである。

新郎は五十一歳、新婦のユーリ伯母さんは六十九歳だった。ロシア料理店で食事中、うっかりスープをこぼした折、ウエイトレスだった伯母さんが汚れたズボンを優しく拭ってくれた……というのが馴れ初めらしいが、親戚中誰も信用していなかった。ウエイトレスにしては、伯母さんはあまりにも歳を取りすぎていたからだ。

亡命ロシア人であるという以外、どんな暮らしをしてきた人なのか、はっきりしたことは何も分からなかった。まだ顔を合わせてもいないうちから母は、

「きっと食わせものに違いないわ」

と言った。

「伯父さまのお金が目当てなのよ」

そしてそんな下品な話題を口にしなければならない自分が情けない、とでもいうよ

うにため息をついた。

結婚パーティーの日のことはよく覚えている。母は子供たちのためにお揃いの洋服をこしらえた。私には白いレース飾りが三段もあしらってある紺色のベルベットのワンピース。五歳の弟には残り生地で作ったベストと半ズボンに、蝶ネクタイ付きのストライプのシャツ。結婚に文句を付けているわりには、母はこの洋服作りにかなりの情熱を傾けた。

「私たちがちゃんとした良識を持つ家族であることを、女に示さなくてはね」

というのが彼女の言い分だった。洋服と良識がどう関係しているのかは謎だったが、私はただもう新しいワンピースを着られるのがうれしいだけだった。鏡の前で何度もターンしてはスカートをふくらませ、レース飾りが優雅に波打つのを眺めた。

会場は二人の新居となる伯父さん自慢の館だった。家中に花が飾られ、リビングにもテラスにも美味しそうな料理が並び、開け放たれた窓の向こうでは、湖がきらめいていた。例のコレクションさえなければ、結婚披露パーティーの会場としてはうってつけだった。

床には口を半開きにしたベンガルトラの毛皮が敷き詰めてあった。すべての部屋はもちろんのこと、廊下から洗面所にいたるまで、壁という壁はさまざまな動物の頭で占められていた。鹿、ヌー、トナカイ、狼、カモシカ、猪、カリブー……もう数えきれなかった。普通なら見過ごしてしまう小さな空間にも、そのささやかさに相応しい剝製が、例えばリスザルや針ネズミがちゃんと飾ってあるのだった。

母の口振りからして、さぞかし図々しく大柄な女に違いないと思い込んでいたのだが、実際目にした新婦は華奢で物静かだった。髪は既に白く、顔には化粧でも隠しきれない皺が広がっていた。手にアマリリスのブーケを持ち、ひとときも伯父さんのそばを離れず、お祝いの言葉を掛けられると、胸が一杯というふうにうつむいた。一応、ウエディングドレスに似せた白いワンピースを着ていたが、お洒落なタキシード姿の伯父さんと並ぶと、誰が見ても親子だった。

新郎新婦のバランスの悪さは、そのままパーティーの雰囲気に反映していた。大人たちは皆、この結婚をどうとらえたらいいものか思案に暮れているようだった。ある人は戸惑いを隠すためにわざとらしくはしゃいでみせ、またある人は好奇心を抑えきれずに片隅でひそひそ話をしていた。

二人は暖炉の前で愛を誓い合った。私は彼らがキスするところを、どうしても見たかった。老人でも本当にキスをするのだろうかと、不思議でならなかったからだ。なのに弟が剝製が怖くて部屋の中へ入れず、テラスの手すりにしがみついたまま動こうとしなかった。母から弟の守《も》りを厳しく言い付けられていた私は、仕方なく弟が逃げ出さないようしっかりと手をつなぎ、背伸びしてテラスの窓越しにセレモニーをのぞき込んだ。

期待していた割りには、その場面は呆気なく終わってしまった。伯父さんが伯母さんの肩に両手を載せる。震えそうになる手を鎮めるように、彼女はブーケを一層強く握り締める。二人だけの間で通じる秘密の合図に促されるように、伯父さんは首を傾け、皺の寄った唇に自分の唇を合わせる。それだけのことだった。相手が老女であろうとも、キスの形に変わりはなかった。暖炉の上で、インパラの剝製が二人を見つめていた。

部屋の中にはもっと美味しそうな食べ物がたくさんあるからと説得しても、弟は言うことを聞かなかった。すぐに退屈した私たちはテラスから庭へ降りた。そこは探険するのに十分の広さがあった。花で一杯の花壇には蝶が集まり、池の噴水は澄んだ水音を立て、藤棚の下には気持よさそうな陰ができていた。芝生の上にもテントが張られ、お酒やお菓子が用意してあった。私と弟は一つ一つのテントを回り、全部の種類のお菓子を食べた。息苦しく我慢できなくなった弟は、とうとう蝶ネクタイを外してしまった。芝生にはクラッカーの粉や海老のしっぽやオリーブの種が落ちていた。

裏庭へ回ると、ざわめきが遠のき、人影が途切れた。ソラマメの形をした小さなプールが姿を現わした。シーズンは過ぎているのに、たっぷりと水が張られ、枯葉一枚、虫の死骸一個浮いていなかった。弟が足を浸してみたくてうずうずしているのが分かった。

「駄目よ。落ちたら溺れちゃうわ」

私は手を引っ張った。

勝手口まで来た時、大きな、私たち二人が入ってもまだ余るくらい大きな木箱を見つけた。外国語のラベルがいくつも貼ってあった。遠い所から送られてきたらしく、箱は傷だらけで四隅はすり減っていた。

「開けてみようよ」

と先に言い出したのは弟の方だった。私はそのあたりに落ちていた石を拾い、箱に打ち付けた。思ったよりずっと大きな音が響いたが、ひるまず石をぶつけ続けた。せっかくのドレスはいつの間にか埃まみれになっていた。やがて釘が抜け、板が一枚だけ外れた。

私たちは唾を飲み込み、すき間から中の様子をうかがった。暗闇の奥に、何かモヤモヤとした毛の塊が浮かび上がってきた。

「ねえ、触ってみて」

弟は私にぴったりと身体を寄せていた。勇気を出して私は腕を伸ばした。その何かに手が触れた瞬間、たまらない恐怖が襲った。それは生温かく、うっすらと湿り、たやすく指先に絡み付いてきた。

木箱に閉じ込められているのは、私と弟に違いない。プールで溺れ死んだ、私たちの死骸なのだ。悲鳴が喉の付け根に引っ掛かり、胸に痛みが走った。

「バッファローだよ」

不意に背中で声がした。

「北アメリカ大陸からやって来たんだ」

伯父さんと伯母さんが手にシャンパングラスを持って立っていた。怒られると思ったのか、私の恐怖が伝染したからなのか、弟は泣きだしていた。

「怖がらなくても平気さ。とっても働き者で、優しい動物だからね」

伯父さんは木箱の上にグラスを置き、ポケットからハンカチを取り出して、弟の顔を拭いた。

「そのうえ、美しい角を持っているのよ」

慰めるように伯母さんは弟の頭を撫でた。

私は初めて、彼女の瞳に気付いた。小さな一点に彼女の存在すべてを封じたかのような、果てのない深い青色だった。

「これ、本物の目？」

濡れた睫毛を震わせながら、弟は伯母さんの顔をじっと見つめた。

「当たり前じゃない。ごめんなさい、失礼なこと言って……」

慌てて私は謝ったけれど、本当は疑っていたのだった。大陸の奥地に住む、美しい角を持った動物から眼球をくり抜き、伯母さんの顔の窪みにクルンと押し込めているんじゃないだろうか、と。

「さあ、会場へお戻り。ウエディングケーキが配られるよ。それから花火を上げて、ダンスを踊るんだ。まだまだパーティーは続くからね」

伯父さんはシャンパンを飲み干し、伯母さんを抱き寄せ、もつれた白髪を指で梳《す》いた。さっき木箱の中で触れた感触を消そうとして、私は掌をドレスにこすり付けた。レース飾りは手垢で黒くなり、取り返しがつかないほど薄汚れてしまった。

彼らの結婚生活は十年と少し続いた。すぐ駄目になるだろうという大方の予測は外れた。伯母さんはお金を持ち逃げすることもなかったし、偏屈な伯父さんを見捨てることもなかった。

時折、法事などの席で見かけると、二人は結婚式の時と同じようにいつも身体を寄せ合っていた。いやらしくベタベタするというのではなく、ただお互いにとって最も自然なポジションを保っているだけという感じで、周囲の人々もそれを一つの風景として見過ごしていた。

伯父さんは昔と変わらず頑固に堂々と振る舞い、伯母さんはその斜め後ろあたりにたたずんでいる。できるだけ人々の邪魔にならないよう、視線を足元に落とし、背中を丸めているせいで、余計老けて見える。滅多に口は開かない。お互い表立って目配せしたり、言葉を交わしたりはしないのに、二人の間にすき間ができることはない。まるで伯父さんの影には元々伯母さんの身体に合わせた凹凸があって、彼女がそこへ自分をはめ込んでいるかのようだった。あるいは老い衰えた一本の蔓が、生命力あふれる樹木に、申し訳なさそうに絡み付いているようでもあった。

結婚直後の喧騒が去ると、母を含め多くの人々がユーリ伯母さんから関心を無くした。彼女は害にも得にもならない、ただの歳を取った伯母さんに過ぎなくなった。親戚一同で写真を撮っても、彼女だけは必ずぼやけた表情で、伯父さんの影の中に沈んでいるのだった。

二人はよく連れ立って、あちこちへ旅行をしていた。塩化ビニール工場の方は順調だったが、仕事は少しずつ人に任せ、伯母さんと過ごす時間を作っていたらしい。もちろん旅行の目的はコレクションの充実だった。

結婚以来、伯父さんの収集熱は過激になる一方だった。館は生活のスペースを侵されるほどの動物類であふれ返っていた。お手伝いさんが手に負えないと言っては何人も辞めていった。玄関からリビングのソファーまでたどり着こうと思ったら、ツキノワグマの脇をすり抜け、サイの角に刺されないよう気を配りながらオットセイをまたぎ、ベンガルトラの毛皮を十枚以上踏み付けなければならなかった。

私と弟にはよくお土産を買ってきてくれたが、例外なく動物の肉体でできた品物だった。象の爪をくり抜いた小物入れ、キリンの皮のポシェット、カンガルーの歯のペンダント、ナマケモノの毛で編んだベレー帽……。

「まあ、こんなもの気味が悪い。いったい何の役に立つっていうの」

どれもこれも母の趣味には合わなかった。ごみ箱へ放り込まれる前に、素早く私はそれらを母の目の届かない場所へ持って行き、秘密の引き出しに大事に隠しておいた。

伯父さんが死んだのは、二月の最初の日曜日だった。夜明け前から雪が降っていた。

六十一歳、死因は心筋梗塞だった。

母がお手伝いさんから聞いた話によると――伯母さんはショックで口がきけなくなっていた――その日の朝、伯父さんは届いたばかりの荷物を裏庭で解体していたらしい。中身は北極グマの頭の剝製だった。伯父さんは蓋を外し、木箱の中にかがみ込んでクマを持ち上げようとした瞬間、発作に襲われた。

お手伝いさんが見つけた時、上半身は箱の中に隠れ、下半身は雪の上にだらんと投げ出されていた。最初は中身を取り出すのに苦心しているんだろうと思ったようだった。無理もない。北極グマの頭は両手でも抱えきれないほどに大きく、重い。しかもその時伯父さんが注文していた品は、狂暴な牙を強調させるため、口を目一杯開けていたのだ。

「私も一緒に持ち上げましょう」

そう言って木箱の縁に手を掛けた時ようやく、彼女は何が起こったか察知した。もっとも、瞬間、伯父さんが北極グマに食べられて死んだと思ったようだけれど。伯父さんの頭は、開いたクマの口の中にすっぽりはまっていた。

お葬式の日、庭にはまだ雪が溶けずに残っていた。棺を運ぶ人たちの足跡が、白い庭に真っすぐ延びていった。

ユーリ伯母さんはほとんど放心状態だった。視線は伯父さんの影の凹凸を探すように、宙をうつろにさ迷っていた。巻き付くべき樹木が切り倒され、身の置き所を失って、頼りなく揺れる枯れた蔓そのものだった。

お葬式のあとすぐ、伯母さんは入院した。七十九歳の老人に相応しい不調はあちこちに現われていたのだが、はっきりした病気があるわけではなかった。つまりは、身寄りのない伯母さんを今後どうするか、結論を先延ばしするための処置だった。

いつしか雪は消え去り、裏庭に転がったままの北極グマの剥製にも春の光が差すようになったが、死神の来訪が途絶えたわけではなかった。今度は父の番だった。

伯父さんの死からわずか二か月後、父は大学の研究室で、脳溢血のため倒れた。秘書が部屋に入った時、父は机にうつぶし、もう冷たくなりかけていた。頭の上には机に積んであった法律書が崩れ落ち、まるで本の生き埋めになったかのようだったらしい。

私は二人の死を、無関係なものとして切り離して考えることができなかった。クマの口に頭を突っ込んだ伯父と、本の山に埋もれた父の、二つの死を。

彼らはそれぞれ、最も自分に適した死に方をしたと言えるかもしれない。人生を象徴する最期であったことが、突然の死のショックをわずかでも和らげ、また必要以上に哀れみや残酷さを感じなくてもすむようにしてくれた。

生前、二人は親しく交わることがなかった。同席する時はいつも、何かの手違いによって引き合わされた者同士のようにぎくしゃくしていた。なのにただ一点、死においてのみ、彼らは密接に結びつき、ほとんど一つに溶け合っていたと言ってもいい。伯父さんの死を悲しむことは父の死を悲しむことに等しく、その逆も同じだった。父を失った辛さに苦しんでいると、必ずそこへ伯父さんが去った喪失感も一緒に覆いかぶさってきた。私は倍の苦痛に耐えなければならなかった。ところが不思議なことに、二人分の死を悲しんでいるうち、いつの間にかそれぞれ個々の死の痛みが癒されているのも、また事実だった。

私は二十一になったばかりで、死に対してあまりにも未熟だった。生まれて初めて経験する死の季節だった。ある時、雪の日曜日からはじまったその季節を、自分なりに検証してみようとしたことがある。私は図書館で、伯父や父と同じ頃に逝った人々の死亡記事をピックアップした。哲学者（69）／腎不全、デザイナー（57）／交通事故、建設会社名誉会長（93）／老衰、元プロ野球選手（78）／膵臓ガン、代議士夫人（51）／クモ膜下出血……。

そして私はそのリストに、伯父と父の名前をはめ込んでいった。長い時間をかけ、幾通りもの組み合わせを試し、声に出して読み上げたり光にかざして眺めたりしながら、そこに隠されているはずの暗号を探ろうとした。星を結んで天体図を描くように、モールス信号を聞き取ってカタカナに直すように、死の意味を解読しようとした。
しかし、そんなことは何の役にも立たなかった。自分でも最初から、分かってはいたのだけれど。なにものも、悲しみがどんどん胸の奥へと沈み込んでゆくのを止めてはくれなかった。

一方で、もっと厄介な問題が差し迫っていた。我が家は経済的な柱を失ったうえに、教職員住宅も出ていかなければならなかった。私は大学がまだ一年残っていたし、弟は高校に入ったところだった。母は弟を連れて父の実家に身を寄せ、自立の方法を探し、私はユーリ伯母さんと一緒に住んで面倒を見るのを条件に、伯父さんの遺産から学費を出してもらうこととなった。最も合理的でまっとうな解決方法だった。こうして私とユーリ伯母さんは、死の嵐が過ぎ去ったあとの新しい季節へ、恐る恐る足を踏み入れたのだった。

病院から伯母さんを連れ帰った時、もう日は暮れようとしていた。退院までには家の中を快適に整えておこうと思ったのだが、伯父さんの死後放置されていた館は荒れ、そのうえ膨大なコレクションはとても私一人の手には負えず、とりあえず病院から持ち帰った荷物をどこへしまったらいいのかも分からない有様だった。それでも伯母さんはリビングのソファーに座り、くつろいだ様子で煙草を吸いながら、窓の向こうの湖を眺めていた。

「ねえ、裁縫箱を出してくれない？」

伯母さんは言った。

「少し、ゆっくりなさった方がいいんじゃないかしら。退院してきたばかりなんだし。すぐに夕食の用意をするわ」

「いいのよ。別に疲れてなんかいないの」

湖に目をやったまま、伯母さんは煙を長く吐き出した。

私は荷物の中から裁縫箱を探した。皺だらけになったイニシャルAの図案の下絵が、何枚も出てきた。破らないよう注意しながら、私はそれを手で延ばした。

空は高いところから少しずつ、暗がりに染まろうとしていた。伯母さんの横顔の向こうで、湖が西日に包まれていた。水面に浮かぶ小枝も、魚の影も、さざ波も、光の中に溶け出していた。

突然、夕焼けの中に立っていた伯父さんの姿を、私は思い出した。あの時息が苦しくて触れられなかった光を、自分は今すり抜けてここにいるんじゃないだろうか、という気がした。

「だって、家にある毛皮全部に刺繍しようと思ったら、休んでいる暇なんてないわ」

そう言って伯母さんはこちらを振り向き、微笑んだ。

2

ユーリ伯母さんとの二人の生活は、ちょっとした混乱や不都合や誤解に見舞われはしたものの、どうにかうまく滑り出していった。伯母さんは家事に関しては一切何もできなかったが（裏庭に棲み着いた野良猫にやる、キャットフードの缶詰を開けることさえできなかった）、愚痴をこぼしたり無理を言ったりすることはなく、一日の大半を一人静かに過ごしていたので、私としても世話はしやすかった。

朝は七時頃起きてきて、天気のいい日はテラス、雨の日はキッチンで一緒に朝食を食べる。そのあと煙草を一本吸ってから自室へ引き上げると、もうほとんど降りてはこない。本を読んだり、写真を整理したり、書きものをしたりしている。

時折、出掛けたいからタクシーを呼んでくれと頼まれる。どこへ行くのか尋ねても答えないし、心配なのでお供しましょうと申し出ても受け付けない。この時だけは強靭な頑固さを示す。しかしいつも二、三時間で、何事もなく帰ってくる。

伯母さんはお出掛け用のかなり大きな鞄を持っていて、一歩家を出る場合、たとえ通りのすぐ向こうにある美容院で髪をセットする時でも、必ずそれを提げて行く。たぶん伯父さんと動物収集の旅をしていた頃のものだと思うが、鼈甲色の革製で、丸みを帯びた輪郭を持ち、錆の浮いた頑丈な留め金が付いている。もっとも、常に何かしらの荷物を無理矢理に詰め込んでいるせいで、優美だったはずの曲線は崩れ、革は傷だらけになっている。

一体中に何が入っているのか、私には分からない。老人一人で抱えるには明らかに重すぎ、よろよろして倒れそうなのにもかかわらず、手伝おうとするときっぱり手を振り払って拒絶する。時にはいましげに、時には怯えるように。この鞄に関するやり取りは、私たちの共同生活に発生した混乱、あるいは不都合、誤解の一つと言っていいかもしれない。

夕方、私が大学から帰り、夕食の準備を始めると伯母さんはリビングへと降りてきて、湖の見えるソファーに腰掛け、しばらく夕焼けを眺める。そしてキッチンに向かってこう言うのだ。

「ねえ、裁縫箱を出してくれない?」

それから夜にかけて、刺繍タイムとなる。

伯母さんは一晩に最低でも二つの刺繍を仕上げた。対象物が小さくて図案も最小の型紙で済むような場合(例えばジャンガリアンハムスターの毛皮の敷物や、山羊のあご髭で編んだコースターなど)、四つ、五つとはかどることさえあった。もちろん図案は例外なく、蔓バラに囲まれたアルファベットの飾り文字Aだった。

「同じ模様ばっかりで、飽きない?」

注意深く私は尋ねてみる。

「あらまあ、どうして?」

質問の意味が分からないという口調で伯母さんは答える。

「だって自分の名前をサインするのに飽きる人なんて、世の中にいるかしら」

その間ずっと、刺繍針は休まず動き続けている。

でも伯母さまのイニシャルはYじゃないの……と私は言い返そうとするのだが、もう少しのところで思いとどまる。たぶんそこには外出や鞄に対するのと同じ、例の厄介な頑固さが出現するに違いないという予感がするからだ。

広い館には数えきれないほどの毛皮の敷物があふれているから、いくら伯母さんが刺繍に精を出しても、その作業が完了することはないと思われた。けれど彼女は先の見通しなど気にはしていなかった。とにかく適当に腕をのばし、手に触れたものから取り掛かる。それを膝の上に広げ、ざっと見渡し、イニシャルを縫い付けるのにふさわしい場所と、面積に見合うサイズの型紙を選ぶ。毛足が長すぎて刺繍しづらい時は、平気でジョキジョキ毛を刈り取ってしまう。

伯父さんが収集した〝動物製品〟たちはどれもグロテスクで悪趣味なのだが、刺繍が加わることで更に奇っ怪さが増し、その動物が本来備えていた絶妙なバランスさえもが、損なわれてゆくのだった。ベンガルトラの発達した太ももが、カモシカのしなやかな背中が、そこだけ不細工に間が抜け、引きつれを起こし、質の悪い腫瘍に冒されたかのようになっている。

もちろん彼女はそんなことに囚われたりしない。伯父さんの思い出が染みついた、そしてたぶんかなり高価な品であるはずの毛皮たちを、自分が台無しにしているなんて思ってもいない。むしろ反対に、なくてはならない大事な刻印を、一つ一つ施しているのだとでも言いたげな様子で、針を動かしてゆく。

湖が闇に沈み、林の縁から月が姿を現わす頃になると、館を覆う静けさは一層深みを増してくる。滅多に電話は鳴らないし、訪ねてくる人もいない。私は寝椅子に転がって宿題のための読書をする。目が疲れると、シマウマの革でカバーされたステレオ棚から古いレコードを引っ張り出し、小さなボリュームで掛ける。視界の隅に、覚束ない手つきで次に刺すべき一目を探っている伯母さんの姿が見える。毛皮の裏と表をシュルシュルとすり抜けてゆく、刺繍糸の気配が漂う。皺だらけの指先から切れ目なく、Aが生み出されてゆく。A，A，A，A，……。

ああ、床に散らばった糸くずを、後で拾っておかなくちゃなどと、半分眠くなった頭で私は考える。こんなふうにして、ユーリ伯母さんと私の夜は更けてゆく。


しかし何を差し置いても、一番の悩みの種は動物類の扱いだった。それらは館全体を圧倒的な威力で支配しており、下手に片付けたり整頓したりしようとしても、ただ余計に混雑するばかりだった。

伯父さんが死んで少しずつ分かってきたことだが、残された遺産は親戚たちが思っていたほど多くはなかった。塩化ビニールの工場は設備投資の失敗から莫大な借金を抱えており、すぐさま人手に渡ってしまったし、会社名義の別荘やマンションや車も姿を消した。それとともに執事、家政婦、コック、庭師、運転手、皆辞めていった。かろうじて伯母さんが慎ましく余生を送るためのお金と、館が残されたに過ぎなかった。

その館も手入れが行き届かないために、昔結婚披露パーティーが催された当時の華やかさは無くなっていた。外壁にはひび割れが目立ち、藤棚は半分崩れかけ、一面に広がっていた緑の芝生は枯れ果てていた。どうにも追い払うことのできない衰弱の印が、あちこちに巣くっているかのようだった。

従って館をまともな生活の場に整えるための雑事は、すべて私一人が負わなければならなかった。とにかくまず最初に手を付けたのは、壁や戸棚、倉庫に収まりきらず、家中の床にあふれていた動物コレクションを、外へ運び出すことだった。そうしなければ真っすぐ廊下を歩くことさえできなかったからだ。

「ちょっと、相談があるんだけど……」

伯母さんが刺繍に夢中になっている頃合を見計らって、私は話を持ち出した。

「玄関ロビーにある剝製のいくつかと、階段を塞いでいる巨大な頭の数々と、それから……そのあたりに転がっている角やら足やら牙やらを、ちょっと整理させてもらってもいいかしら」

伯母さんは黙ったまま老眼鏡をずらし、疑り深そうな目でこちらを見やった。

「もちろん、処分してしまう訳じゃないのよ。ちょっと別な場所に移し替えるっていうだけなの」

慌てて私は付け加えたが、伯母さんの疑いを晴らすことはできなかった。

「なぜ、そんなことをする必要があるのかしら」

「だって……、まず第一に危ないと思うの。もし階段で転んだりしたら、何かの角に串刺しにされちゃうわ」

伯母さんは人差し指でメガネを上げ、もつれた糸を解きながら答えた。

「角のある動物はね、どれも唇の内側の皮が柔らかいから、そこへ刺繍をすればいいんじゃないかと考えているの。だからどこにもやらないでちょうだい。お願いよ」

そう言って、金色の糸を歯で嚙み切った。

けれどもお構いなく私は計画を実行した。町のレンタル倉庫を契約し、伯母さんが外出した隙に運送会社と連絡を取り、トラックに載るだけのコレクションを手当たり次第搬出してもらった。

「これも、積んじゃいます？」

ドライバーが指差したのは、裏庭に転がっている北極グマの頭部だった。伯父さんがその口に頭を突っ込んで息絶えて以来、誰からも見向きもされず、そこにずっと打ち捨てられていたのだった。

「いいえ、いいの。それはそのままで……」

しばらく迷ってから私は答えた。

雨風に晒されたせいか、元々真っ白だったはずの毛は薄汚れ、ゴワゴワにもつれ、額には鳥のフンがこびり付いていた。口元からのぞく牙には獰猛さが残っていたが、埃をかぶったガラス玉の瞳はうつろだった。プールへ続くアプローチの縁に顎を載せ、心持ち首を左側にかしげ、なぜ自分がこんなところにいるのか、いくら考えても訳が分からないというような、途方に暮れた表情をしていた。

大騒ぎで作業したにもかかわらず、トラックが一杯のコレクションを積んで出て行ったあと、部屋の様子に期待していたほど改善は見られなかった。少しはすっきりしたかなという程度だった。その証拠に外出先から帰った伯母さんは、真っすぐ階段を登って自分の部屋へ引き上げていったが、一番下のステップを占領していた、鋭く宙を突き刺す動物たちの角が姿を消していることに、気付きもしなかった。

雨の降る金曜日の午後、ボーイフレンドのニコが初めて館へ遊びに来た。彼の愛車、スクラップ寸前のグリーンのセダンで玄関まで乗り付け、雨に濡れるのも気にせず、窓を開けて手を振った。

最初、伯母さんがどんな反応を示すか心配したが、予想に反して彼女は来客を歓待した。オレンジの華やかなワンピースを着込み、同じ色のマニキュアで爪を飾り、女主人として始終礼儀正しく振る舞った。

また彼の方も（もちろん彼なら大丈夫だという確信があったからこそ招待した訳だけれど）、すんなりとうまく館の雰囲気に溶け込んでくれた。余計な感嘆詞など漏らさずに、剝製や毛皮のすき間をさり気なくすり抜けたし、伯母さんが刺繡の自慢をした時は、心から感心したように相槌を打った。

ただ最も奇跡的だったのは、伯母さんがニコの〝儀式〟について、全く戸惑いを見せなかったことだ。どんなにニコをよく知っている人でも、時と場合によっては私でさえ、その儀式の異様さに圧倒されてしまうというのに、彼女は表情一つ変えなかった。信頼のおける主治医のように、あるいは慈愛に満ちた母親のように、辛抱強く儀式を見守った。

ニコは強迫性障害を患っており、どんな建物の入口の前でも、グルグルと八回回転し、扉の四隅を親指で押さえつけ、立ち幅跳びの要領で、仕切りを踏まないよう目一杯ジャンプしないと、中へ入れなかった。そのため次第に大学の授業へ出るのも困難になって、二年の途中から休学していた。

なぜなのか。出会って最初の頃、たまらなく理由が知りたいと思った。彼がそれを答えないのは、私への拒絶の現われではないかと不安だった。

でも次第に、理由など何の意味もなさないということを、私は学んでいった。とにかく彼は、そうするよりほか、仕様がなかったのだ。

私が玄関を開けた時、ニコはケーキの箱を提げ、セイウチの革でできた足拭きマットで靴の泥を落としていた。

「よく来てくれたわ。さあ、どうぞ」

私は言った。ニコは私の後ろにいる伯母さんに向かって会釈をし、はにかんだ笑顔を見せた。それから、例の回転をはじめた。

いつでもそれは、唐突にスタートした。何の前触れも、言い訳もなかった。ケーキを胸に抱えたまま両腕を折り曲げ、肩をすぼめ、フィギュアスケートの選手のように回転した。左回りで八回だった。

玄関ポーチには屋根が付いていたが、それでも吹き込んでくる雨のせいで、着地のたびに足元から水滴が飛び散った。マットはよじれ、髪は乱れてくしゃくしゃになった。恐る恐る私は伯母さんの様子をうかがった。彼女の態度は、お客さんがコートを脱ぐのを待っているのと、変わりなかった。

回転はうまく一クールで決着がついたようだった。ひどい時は、十六回、二十四回、三十二回と続く場合もあったからだ。私たちからはうかがい知れないわずかなズレ、例えば身体の切れ味が悪かったり、着地の角度が狭すぎたり、呼吸のタイミングが合わなかったり、といったことが彼にとっては重大な問題となった。少しでも規格から外れると、それまでの労力をあっさり捨て去り、すべてを最初からやり直した。彼自身が定めた規格は、あまりにも厳格だった。

引き続きニコは扉の四隅をプッシュする段階に入った。扉は大きかったので手が届くかどうか心配したが、どうにか彼の親指は隅を捕らえることができた。それは回転に比べると、思慮深い雰囲気を漂わせる仕草だった。この場面を目にするたび、私は患部を触診する内科医を連想した。

いよいよ次は立ち幅跳びだった。私がスペースを空けるために脇へ寄ると、あらかじめ申し合わせていた訳ではないのに、伯母さんも後ろに付き従って移動した。

玄関ロビーの動物たちを整理しておいてよかったと、改めて私は思った。もし手付かずのままだったら、ニコはツキノワグマやジャガーやイーグルをいっぺんに飛び越さねばならなくなり、恐らく彼の運動神経をもってしても、満足できる跳躍の完成は望めなかっただろう。

彼は左の脇にケーキの箱を挟み、膝を深く折り曲げ、タイミングを計るように何度も右手で振りをつけた。私と伯母さんは階段の裏に半ば身体を隠し、じっと待った。スタートのきっかけがいつ訪れるのか、私たちには予測できなかった。

次の瞬間、背中がしなり、両足が宙を切り、彼は目標の地点まで到達した。ドスンと音がして、靴箱の上のイタチや、壁のフックに掛かったシカの頭が震えた。そのあと再び、静寂が戻った。

「雨の中、ようこそいらして下さいました」

初めて伯母さんが口を開いた。そしてニコを抱き寄せ、頬にキスしたあと、小さな子供にするように濡れた髪を掌で撫で付けた。ニコはまだ息を弾ませていたが、長身を折り曲げて、おとなしく伯母さんに身を任せた。

ようやく私は、儀式が無事完了したことを確認した。

私たちは三人でお土産のショートケーキを食べた。それは回転やらジャンプやらのせいですっかり形が崩れてしまっていたが、誰もそのことに触れはしなかった。とりとめのないお喋りをしながら、飛び散った生クリームをフォークですくい取った。夕食は少し贅沢な牛肉を焼いてステーキにした。ニコがサラダを作るのを手伝ってくれた。

たった一人お客さんが来ただけで伯母さんはいつになく気分をたかぶらせ、普段は半分ほどしか手を付けない夕食を残らず平らげた。私たちはワインを一本空け、テーブルに載ったお皿が全部空になるとソファーに移ってコーヒーを飲み、それをまた何杯もお代わりした。

伯母さんは顔がうっすら赤くなり、ドレスの色が映えていつもより若く見えた。コレクションを一つ一つ指差しては、それにまつわる伯父さんの思い出話をした。懐かしく微笑ましい話もあったし、しんみりとしてつい涙ぐんでしまいそうな話もあった。ニコはいつも私に向けてくれるのと同じ、優しさに満ちた表情で耳を傾けた。その間ずっと、外では雨が降り続いていた。

伯母さんがニコを気に入ったのは明らかだった。その晩、退院してから初めて、彼女は裁縫箱を要求しなかった。

ニコというのは子供の頃、お母さんがつけたニックネームで、当時彼の心を支配していた数字の2に由来している。彼が自らに課す儀式は、長い年月をかけて様々に形を変えており、2の呪縛は現在まで続く強迫の原点となっていた。

ニコが言うにはそれはある日突然、頭の中へ入り込んできたらしい。

「うっとうしいハエが飛び込んできたようでもあったし、火星人が特別僕にだけ信号を送ってきたのかとも思ったよ」

そう、彼は説明した。

とにかく五歳の彼は、日常生活のあらゆる局面において、2という数字をクリアーしなければ先へ進めなくなってしまった。例えば、クレヨンは二本ずつ箱から取り出す、牛乳のコップは飲む前に縁を二周なぞる、通園バスに乗る時は前から二列めに座る、くしゃみ・咳・欠伸の類は二度繰り返す、おやすみなさいのお祈りは二回唱える……。こんな具合だった。

他にもまだまだ数えきれないほどの2のハードルが仕掛けられていた。しかもそれらは日を追うごとに増えてゆくのだった。

最初の頃、彼はまだこの奇妙なこだわりを上手に取り繕うことができた。子供ながら、人に悟られてはならないという気持が働いたらしい。前から二列めが塞がっている時は、後ろから二列めでどうにか我慢したし、お祈りの言葉は決して声には出さなかった。

しかし、母親を騙しきるのは難しかった。いつしか彼女は息子の不自然な行動に気付き、疑問をそのまま彼にぶつけた。

「ねえ、どうしていつも、キャンディーを二個いっぺんに口へ入れるの？」

彼は答えた。

「それはね、キャンディーが大好きだからだよ、ママ」

と。

彼は嘘をついていた。キャンディーは好きだったが、それは理由でも何でもなかった。彼はどんな小さなすき間にさえ忍び込んでくる数字の2を恐れ、憎んでいた。どうにかして頭の中からハエを追い払い、火星人の信号を消去しようとするのに、いかなる抵抗も通用しなかった。相変わらず2は、そこに居座り続けた。

こうして彼はキャンディーを二個食べてしまう男の子、ニコと呼ばれるようになった。

大学に入学してすぐ、フランス語の授業で初めて席が隣同士になった時、ニコの症状は既にユニークな変貌をとげていた。フランス語の教科書に出てくるアルファベットで、AやeやqやRやとにかく閉じた空間のある文字は全部、そこが鉛筆で塗り潰されていたのだ。

「なぜそんなことをするの？」

いきなりぶしつけな質問をしたことを、私は今でも後悔している。

しかし彼の教科書は、見過ごしてしまうにはあまりにも徹底的に美しく色分けされていた。鉛筆で塗られた黒色は闇のように濃く、わずかでもはみ出したりすき間が残っていたりする所はなく、その法則はどんな小さな活字にも及んでいた。まるでアルファベットたちが、黒い目隠しをされているかのようだった。

「そうするのが、好きなんだ」

感じのいい微笑みを浮かべながら、彼は答えた。

その時はまだ、彼が心の中でどれほどうんざりしているか、笑顔を見せるのにどれくらいのエネルギーを費やしているか、知らなかった。

授業のあと学生食堂で、私は彼の教科書を全部見せてもらった。英作文も英文学概論もフランス語文法もバルザックも、同じだった。黒い目隠しに例外はなかった。

「こうしてみると、塗り潰さなくちゃならないアルファベットって、結構たくさんあるのね。そんな基準で分類してみたことはなかったけど」

食べ終えたカレーライスのお皿を向こうへ押しやってから、私は言った。

「普通、言語学者だって、そんな分類は試みないだろうね」

彼は無造作に教科書を集めた。

「読みづらくはないの？　指名されて音読する時とか」

「別に。慣れればどうってことないよ」

「それはつまり……」

言葉を選びながら私は続けた。

「一種の、おまじないみたいなものなのかしら」

「そうとも言えるけど、ちょっと違う気もするな」

ニコは答えた。

「別に目的はないんだ。災いや病気を避けるためにやっているんじゃない」

「ただ本当に、そうしたいだけの話なのね？」

彼はうつむき、紙コップのコーヒーを飲み干した。うなずいたのか否定したのか、見分けがつかなかった。

彼が話題を早く変えたがっているのは分かったのだが、同時に、この問題を無視しては先へ進めないという予感も間違いなくしていた。私は紙コップを握るニコのたくましい指が、アルファベットを塗り潰している様を想像した。それはなぜか、いとおしい場面として私の中に映し出されていた。私はもっと近寄って、彼の息遣いや、アルファベットをなぞる指の気配や、鉛筆の芯がこすれる音を聞いてみたいと思った。

「厳密に言えば、したい……という表現は違うな」

独り言のようにニコはつぶやいた。

「しないではいられないんだ」

私はテーブルに両肘をつき、カレー皿を爪で弾いた。学生食堂に人影はまばらで、食器を洗う音だけがことさら大きく厨房から響いていた。西日が彼の足元にまでのびていた。

「でも……」

私はもう一度彼の手から教科書を取り上げて、パラパラとめくった。

「とてもきれいだと思うわ。黒と白の分量もバランスが取れているし、コントラストが利いて、独創的な模様を作り上げているもの」

「そうかなあ」

自信なげに彼は言った。

「どうせなら、日本語にすればいいのに。漢字の方が、塗り潰す場所がたくさんあるじゃない？　手が足りない時はいつでも言ってね。お手伝いできると思うわ。だって私、中学生の頃、白地図に色を塗るのが得意だったんですもの」

私は彼の秘密めいた行為に、土足でずかずか踏み込もうとしていた。なのにニコは不愉快な表情一つ見せず、反対に心のこもった声で、

「うん、ありがとう」

とさえ言ってくれた。

彼の病が考えているほど生易しいものでないということは、時間が経つにつれて少しずつ分かってきた。出会った最初の頃、アルファベットの目隠しは教科書だけに限られていたが、やがて新聞やダイレクトメールや電気製品の使用説明書や、身の回りにあるあらゆる活字が対象となっていった。いつ目の前にアルファベットが現われてもいいよう、彼の胸ポケットには常時、削りたての鉛筆が十本以上入っていた。

初めて彼の部屋へ遊びに行った日のことを、私はよく覚えている。ちょうど前期試験が終わり、明日から夏休みが始まるという日だった。私はギンガムチェックのノースリーブのワンピースを着ていた。一緒に食べようと思い、途中の果物屋さんで桜桃《さくらんぼ》

を買った。包装紙にアルファベットが印刷されていないかどうか、注意深く点検した。洗ってガラスの器に入れ、テーブルの真ん中に置くと、かわいらしい花を飾ったようになった。

ニコは桜桃の傍らにヨーロッパのガイドブックを広げ、アルファベットをやっつけるため苦闘していた。ヨーロッパ旅行などしたこともないのに、どうしてそんなものが彼の元へ紛れ込んできたのか分からないが、私が気付いた時にはもう手遅れだった。

私は窓辺にもたれ掛かり、ぼんやりと外を眺めていた。風はなく、夏の光は目を開けていられないほどに熱かった。彼は背中を丸め、息を殺し、汗ばんだ指でページをめくっては、目指す空洞を一つ一つ闇に沈めていった。ほんのちょっとした会話も、休息もなかった。鉛筆の芯がページの上で削られてゆく、切迫した気配が伝わってくるばかりだった。美しく長い綴りを持つ宮殿や運河や美術館や教会は、果てもなくいくつもわき出してきて、彼を強迫した。いつしか桜桃は生温かくなり、新鮮さを失っていた。

彼はまだ一度も私に触れていなかった。肩に手を載せ、「よく来たね」とも言ってくれなかったし、額に浮かんだ汗を拭ってもくれなかった。それでも私は彼を恨んでいなかった。ニコの前で、私は自分自身でさえ信じられないくらいの忍耐を、発揮することができた。

私はただ、彼の儀式が無事に終わるのを祈るだけだった。それ以外、何の望みも持っていなかった。

「お客さまのために、手品をお見せしたいんだけど、どうかしら」

夕食の前に灯した蠟燭がほとんど消えようとする頃、伯母さんが言った。

「ぜひ、お願いします」

と、ニコは答えた。

ずっと忘れていたのだけれど、結婚パーティーの時やはり伯母さんは皆の前で手品を披露した。指輪の交換よりもケーキカットよりも彼女が真剣だったのは、もしかしたらあの手品の場面だったかもしれない。

サロンの中央にある、象の足がついたテーブルの上で、何やら伯母さんがやっているのを私はテラスから眺めていた。何人かお客さんが周りを取り囲んでいたが、誰もたいして期待はしていないようだった。子供の目から見ても、他愛ない手品だった。拍手をしたのは、伯父さん一人きりだった。

それが手品用と決まっているのか、伯母さんはニコに手伝ってもらい、片隅に追いやられていた象足のテーブルを引っ張り出し、そこに小道具を並べていった。手品の道具は肌身離さず持ち歩いている、例の鞄の中から取り出された。スカーフ、折畳みステッキ、シルクハット、トランプ、模造コイン。どれもこれも時代遅れで、すっかりくたびれ果てていた。そのうえ長く鞄の中にぎゅうぎゅう詰めにされていたせいで、半分壊れかけているものさえあった。

さっきまでよぼよぼしていたはずの伯母さんが、背筋を伸ばし、ドレスの裾を揺らしながらエレガントにお辞儀をした。ニコと私は手をつないでソファーに腰掛けた。

伯母さんはステッキを振り上げ、先端から赤いバラの造花を取り出した。それをスカーフで包み、まじないの言葉を掛けたあと、白いカーネーションに変えた。一枚のコインを指に挟み、両手を交差させる間に三枚、五枚と増やしていった。シルクハットに水を注ぎ、それを頭にかぶって濡れていないことを証明した。更に帽子の中へ手を突っ込み、リボンでつながった万国旗をずらずらと出してみせた。

伯母さんがこんなにも堂々とした振る舞いができるなんて知らなかった。まるで何百人ものお客さんを前に、舞台に立っているかのようだった。どんな場面でも、申し訳なさそうにしたり、照れ笑いでごまかしたりはしなかった。絶えず視線で私たちに語り掛けつつ、指の表情で全体の流れにめりはりを付け、声色を使って怪しげな雰囲気を作り出そうと努めていた。

しかしそれでもなぜか、人をうら淋しい気持にさせる手品だった。子供の象の足を切断して作ったと思われる、テーブルのせいだろうか。あるいはただ単に、技術の問題なのだろうか。

伯母さんの手は始終震え、大事なところで何度もスカーフやカードをつかみ損ねた。イメージするスピードについてゆけず、脇から仕掛けがはみ出して見えた。コインはメッキがはがれ、造花は花びらが何枚か抜け落ち、シルクハットは虫食いだらけで変な臭いがした。

「お粗末でございました」

万国旗を全部引っ張り出したところで、伯母さんは再びお辞儀をし、観客に余韻を与えるように旗を両手で高くかざした。ドレスの袖口が垂れ、骨張った白い二の腕がのぞいていた。朝、美容院できれいに結い上げたはずの髪の毛はすっかり乱れ、外れかけたピンがうなじの後れ毛に引っ掛かっていた。

ニコは立ち上がり、温かい拍手を送り続けた。伯母さんは得意になり、もっと高く旗を掲げようとして背伸びをした。

3

ある日、ユーリ伯母さんを訪ねて一人の男がやって来た。フリーライター／小原憲治、と名刺には書いてあった。

「すばらしいコレクションですねえ。噂には聞いておりましたが、これほどとは思いませんでした」

男は背広のポケットからハンカチを取り出し、禿げ上がった額をしきりと拭った。

「恐れ入ります」

ぎこちなく、伯母さんは答えた。

私とニコは応接間の片隅に並んで腰掛け、彼らの様子を見守っていた。見ず知らずの男から、是非コレクションを見せてほしいと連絡があった時、何かややこしいことが起きるのではないかという予感がして、あらかじめニコにも来てもらったのだった。

「ちょっとよろしいですか？」

こちらの警戒心になど気づきもせずに男は立ち上がり、壁や戸棚の動物たちに気やすく手を触れた。バイソンの角の光沢を褒めたたえ、アルマジロの剝製の大きさに感嘆の声を上げ、チータの頭部には頰ずりせんばかりに顔を寄せて、ため息を漏らした。根っから図々しい人なのか、ただもう単純に舞い上がっているだけなのか、よく分からなかった。伯母さんはまるで自分が触られているかのように、居心地の悪そうな様子で肩をすぼめていた。

「あなたも収集を?」

ニコが尋ねた。

「いいえ。私にはそんなお金の余裕はありませんよ」

中年太りのお腹に食い込んだベルトを引っ張り上げながら、男は答えた。

「私は一介のブローカーにすぎません。表向きはフリーライターなんて名乗って、剝製・毛皮愛好家向けのマガジンに記事を書いているんですがね、正直に言えば、裏稼業で仲買いをやっております。まあ時には、ちょっとやばい取引に関わる場合もありまして、便宜上、表と裏の顔を使い分けているという状態です」

喋っている間も彼は動物たちから目を離さなかった。

「しかし、品物を見る目には自信を持っています。三十年以上、この仕事をやってきたんですから。お宅にあるのは全部本物。しかも質が高い。入手不可能なはずの希少動物も、かなり含まれています。こう言っては何ですが、危険なルートをお使いになったこともしばしばじゃありませんか？」

さあ、どうでしょう……と、伯母さんはもぞもぞ口を動かした。

「死んだ伯父が全部やったことですから、私たちにはよく分かりません」

彼の真意がつかみきれないまま、私は答えた。

「このジャガーを見てご覧なさい」

しかし男が入手ルートなどよりも剝製の方に心を奪われているのは明らかだった。

「若々しい雌だ。眼光鋭く、四肢はすばらしく発達し、関節には力がみなぎっている。死んでるとは思えないでしょう。剝製で大事なのはそこなんです。永遠の静止によって、いかに生きている時以上の生命力を生み出すか。死が生を表現するのです。これなんか、次の瞬間には背骨をしならせ、斑紋の黒点を波打たせて、獲物に飛び掛かりそうじゃありませんか」

私たち三人はうなずくでもなく、愛想笑いを浮かべるでもなく、ただぼんやりとジャガーに視線を送っていた。それは張り出し窓の下にずっと放り出されているジャガーで、窓掃除の時、私が踏み台代わりに使っているものだった。

「今日うかがったのは、他でもありません」

男はいきなり本題に入った。

「コレクションのいくつかを、譲っていただけませんか」

そして再びソファーに腰を下ろすと、背中を丸め、顎に掌を当てて下から伯母さんをのぞき込むようにした。

「人様にお譲りするつもりはありません」

初めて伯母さんははっきりした口調で言った。

「たいした数じゃないんです。ほんの二十か三十でいいんです。それに国際条約に触れる動物は正規の市場には乗せられません。私のような闇のルートとつながった者ならば、必ずやお役に立てるはずです」

「一個たりとも、手放すわけにはまいりませんの」

「ご主人の大事な形見だというのはよく分かります。しかし失礼ながら、ざっと見回したところ、手に余っておられる様子だが……」

「そうでしょうか……」

「これだけの量を管理するのは、プロにとっても並大抵じゃありません」

「私は私なりにやっているつもりです」

「残念ながら、手入れが行き届いているとは言えませんな。貴重なコレクションがあちこち虫に食われている。早く手を打たないと、取り返しがつきませんよ」

「お心遣い、感謝します」

「奥さん……」

男は言葉を飲み込み、代わりに息を吐き出した。首を横に振り、視線を足元に落とし、もう一度伯母さんを見やった。しばらく沈黙が流れた。

「美しい瞳をしていらっしゃいますね」

次の瞬間、男の口からこぼれ落ちた言葉は、愛の告白のような響きを持っていた。

私はどぎまぎしてニコの手を握った。それはいつものように大きく柔らかかった。けれど伯母さんは動じてなどいなかった。瞳を称賛されることには、もうすっかり慣れているといった感じだった。それがより一層輝くよう、瞳を濡らすために瞬きさえして見せた。

「何万という動物の目を見てきたから分かるんです。これほど美しい青色の瞳を持つ剝製があったら、どんな方法を使っても手に入れたいと願うでしょうな」

オハラはソファーの背にもたれ掛かり、喉を鳴らしてコーヒーを飲み込んだ。

「ところで」

オハラは言った。

「なぜ毛皮に、このような刺繍を？」

男はテーブルの下に敷いてあるカリブー、壁に張られたヤク、暖炉の上のキツネを、次々に指差した。

「刺繍が唯一、心の慰めですの。古いアルバムをめくるようなものですわ。遠い思い出と会話するんです」

あからさまに男は不愉快な表情を見せ、舌打ちした。

「せっかくのコレクションを、奥さんの趣味で台無しにしてしまっていいんですか。あまりにももったいない。私はね、自分のものだろうと他人様のものだろうと、動物たちの美しさが汚されてゆくのは我慢ならんのです。即刻おやめなさい」

「汚してなどおりません」

どうしてそんな言い掛かりをつけられるのか訳が分からないというふうに、彼女はブラウスの襟を神経質にいじった。

「私はただ、主人のそばにいたいだけなんです。ですから自分の本当の名前を一針ずつ、形見に刺繍してゆくのです。アナスタシア。ロシア語で蘇生を意味する言葉。これほど相応しい名前はありませんでしょ？　主人にとっても、動物たちにとっても」

伯母さんに本当の名前があったなんて、初耳だった。私はどう対処していいか見当がつかず、ニコの横顔をうかがった。彼はリラックスして足を組み、ただ静かに成り行きを見ていた。

「母もよく寝室の隣にある私室で、寝椅子に横たわり、刺繍をしておりました。藤色の居間と呼ばれた部屋です。カーテンから絨毯、クッション、家具、飾られたバラの花さえもが全部、藤色だったんです。母はアレクサンドラ、私と同じイニシャルＡでした」

「どうやってロシアから日本へ？」

「とても困難な道のりを経て、としか言いようがありません。革命のせいです」

今度は伯母さんは、スカートの裾を撫で付けたり広げたりした。声には出さず、私はカクメイ、とつぶやいた。

「毎朝、目が覚めると自分でベッドを整え、銀でできた浴槽で冷水浴をしてからお母さまのいる藤色の居間を訪ねます。そこには私専用のバスケットがあって、おもちゃがたくさん詰め込んであるんです。磁器の人形、金箔張りのドラム、仕掛け付きオルゴール、ミニチュアの馬車……。もちろんバスケットも藤色です。宮殿のなかで一番好きな部屋でした。色であれ動物であれ、部屋が何か一つのテーマで統一されていると、落ち着きます。たとえ人が常軌を逸しているとか、薄気味悪いとか陰口を叩いたって、私は気にしません。極端で徹底的で過剰な空間のわずかなすき間に身を横たえ、まるで世界から置き去りにされたかのような錯覚に浸っていると、気分が爽快になります」

キュウデン？　私は自分が聞き間違いをしたのではないことを確かめるため、もう一度彼女の言葉を繰り返した。しかしそれは胸の中で空しくこだまするばかりだった。これほどお喋りな伯母さんを見るのは初めてだった。両親や少女時代の話も新鮮だった。いつしか私は彼女のことを、生まれた時からずっと変わらずお婆さんのままだったように、思い込んでいたらしい。

「午後になると髪にリボンを飾って、白いドレスに着替え、好きな色のサッシュを締めて、父とお茶の時間です。それがどんなに楽しみだったか。父は忙しくて、滅多に会えなかったんです。父が口にするのはバター付きのパンがほんの少しと、お茶が二杯。例外なく、いつでもそうでした」

「ロシアでは裕福な暮らしをなさっていたようですな」

　オハラは煙草に火を点け、天井に向かって煙を吐き出した。

「裕福かどうか、私には判断できません。その必要もありませんでした。ただ言えるのは、平和で幸せだったということだけです。あの頃夢中になっていたものは数々あります。まず何と言っても絵。特に得意だったのは、正装した母を描くことです。ティアラの宝石一粒一粒、レースの模様一針一針、精密に再現することができました。少し大きくなってからはカメラ。家族を記録するのが私の役目になりました。撮った写真を彩色したり、アルバムの台紙に花の模様を付けたりして、楽しんだんです。そしていっぱいの動物。正真正銘、生きた動物です。庭園の湖に〝子供たちの島〟があって、私たち姉妹はそこにそれぞれ自分の家を持っていました。黒鳥、シェットランドポニー、雌牛……。でも一番愉快なのは子象でした。そう、象がいたのよ。弟がたいそう可愛がっておりましたわ。どこから贈られた象でしたか……、インドかアフリカか、それはちょっと思い出せませんけれど、とにかく……」

　最早伯母さんの思い出話を中断させ、話題を剝製の売買に引き戻すのは不可能に思われた。伯母さんはスカートやブラウスやストールやあちこちを始終いじりながら、伏せた視線の先にあるカリブーの毛皮に向かって、休みなく言葉を繰り出していた。口紅は半分はげかけ、鼻の頭には汗が浮き出し、時折入歯が外れそうになって、口の中でくぐもった音がした。

オハラは一応話に耳を傾ける振りはしていたが、落ち着きなく煙草を持ち替える仕草から、困惑しているのは間違いなかった。伯母さんが息継ぎをするたび、張り出し窓の方に目をやり、いとおしげにジャガーを見つめていた。

私はニコの手を握り直した。これはたぶん、形見を手放したくない彼女の、取引を拒否するための作戦なのだろうと思った。そう考えることで、自分を納得させようとした。ニコの態度は普段と変わらなかった。伯母さんに対しては敬意を示し、お客さんには礼儀を尽くしていた。

「一つ、お願いがあるんですが」

わずかな隙を見逃さず、オハラが口をはさんだ。

「写真を一枚、撮らせてもらえませんか」

「ジャガーのですか?」

伯母さんはずり落ちたストールを肩まで引き上げ、小首をかしげて言った。

「いいえ。奥様のです」

オハラは煙草を灰皿に押しつけた。

「それは困ります」

言下に伯母さんは答えた。剝製を売るのを断った時よりもきっぱりとした拒絶だった。

「写真がご趣味なのに？」

「撮るのと撮られるのは違います。子供の頃散々写されました。堅苦しい洋服を着せられて、カメラマンにポーズをつけられて、何枚も何枚も。一生分以上の写真を撮られたんです。もう懲り懲りです」

二人の間を、吸い殻の煙が揺らめいていた。日が高くなり、窓を締め切った応接間は蒸し暑くなってきた。獣たちの発する匂いが、濃く立ち籠めていた。いつまでたっても私が慣れることのできない匂いだった。

「ただし」

伯母さんはストールの縁飾りを引っ張りながら、もったいぶって付け加えた。

「私が自分で撮影したポートレートならば、差し上げられますわ」

彼女は例の鞄を持ち出し、中身をごそごそと探った。いつかの手品に使ったシルクハットや万国旗があふれてきた。オペラグラス、扇子、クリスマスカード、指輪、銀の額縁、バレエシューズ、犬の首輪……。意味不明の品々が次々姿を現わした。これはオリガ叔母さまの形見、これはフランス語の家庭教師からもらった手紙、と彼女はいちいち説明を加えた。

ようやく底の方から出てきたのは、いつ写したものか、露出オーバーでピントのぼけた、奇妙な写真だった。

たぶん寝室の鏡に映る自分を撮影したのだろう。白いハイネックのブラウスを着た伯母さんが、お腹の前で箱型のカメラを構え、椅子の上に両膝を突いて立っている。背景は黒くぼやけ、顔の下半分は陰に沈んでいる。首が前へ突き出し、髪はぼさぼさで、そのうえ視線がだらしなく宙を泳いでいて、とても美しいとは言えない。

「ねえ、どう？　瞳の色もちゃんと写っているでしょ？」

満足そうに伯母さんは微笑んだ。

結局オハラは一つの剝製も手に入れることができず、ただ出来損ないの写真一枚だけを持って退散した。

喋りすぎたからか、剝製を守れてほっとしたからか、伯母さんはくたくたに疲れてしまい、夕食もとらずに寝室へ引き上げた。ニコも次の朝一番にカウンセリングの予約が入っていたので、遅くならないうちに帰っていった。

どんな場合でもニコは、約束の一時間半前にはクリニックへ到着できるよう、心積もりをしていた。クリニックの建物へ入るための儀式に、どれくらいの時間を要するか、予測がつかないからだった。

「今日はどうもありがとう」

ポーチの柱にもたれて私は言った。

「うん、いいんだ」

ニコは車に乗り込み、運転席の窓を下ろした。風のない、闇の深い夜だった。湖の上に星がいくつも瞬いていた。キーを回すと、気管支炎の発作のようなエンジン音がした。

電車やバスに乗るにも儀式が必要になった時、さすがのニコも狼狽した。私たちは様々な乗り物にトライしてみた。船、グライダー、モノレール、セスナ、観覧車。そして彼が自分で操縦できるのであれば、問題ないことを発見した。彼はお金に換えられる持ち物をすべて売り払い、このグリーンの中古車を買ったのだった。確かにがたはきているけれど、ニコの指示をよく守る忠実な車だった。

「じゃあ、気をつけてね」

「おやすみ」

ニコは右手で私に合図を送りながら、左手だけでハンドルを切った。タイヤがアプローチの砂利をかむ音が、夜の向こうへ吸い込まれていった。入る時はあんなにも慎重に完璧を目指し、手間と時間を掛け、最良の方法を模索するというのに、さよならの時はその同じ扉を、心残りなんて微塵もないかのように、いともあっさりとすり抜け、去って行ってしまう。

私はしばらくポーチにたたずみ、空を見上げた。伯母さんの寝室の明かりはもう消えていた。ニコが最短の一クールで儀式を終え、無事自分のベッドへたどり着けますようにと、私は神様にお願いした。

ニコと私のデートはしばしば風変わりなものになった。計画どおりに事が運んだためしはなかった。映画を観るにしても、レストランで食事をするにしても、そこには必ず扉があったからだ。

それが困難な扉か、容易な扉か、彼自身にとっても判断するのは難しい問題だった。その場に立って、第一段階の回転をスタートさせてからでもまだ、通り抜けるのにどれほどの時間が掛かるか分からないのだった。以前一クールでうまくいったからといって、再び成功するとは限らないし、反対に昨日てこずった扉が、今日はすんなり征服できる場合だってあった。

かつて私は儀式の所要時間について、何らかの法則を見出そうと、記録を取ったことがある。曜日、天候、服装、体調、扉のサイズ・材質・デザイン、床の模様、ノブの形、見物人の数、等、考えられるすべての項目をノートに書き出し、罫線を引いて検査表をこしらえた。

「たぶん、成果はないと思うよ」

ニコはそう言ったが、試みに反対はしなかった。儀式をスタートさせる前には、

「用意はいい？」

と、私がバッグから検査表と鉛筆を取り出すのを、待ってくれさえした。

私は彼の邪魔にならないよう傍らに立ち、項目を一つ一つ埋めてゆき、最後に繰り返した儀式の回数と時間を記入した。ある程度データがたまると、それらを一度シャッフルし、新たな観点で整理し直してから、法則をあぶり出そうとしてみた。

改めて私は彼の病の根深さを思い知らされた。様々な要素が予測もできない形で絡み合い、本質を覆い隠し、暗闇を作っていた。もしかしたら、と希望を抱いた途端それは打ち消され、こうでなければいいが、という懸念はより残酷な形で姿を現わした。

儀式を起こさせないためにはどんな条件を満たせばいいのか。太陽が照っている時を避けて日暮れまで待てばいいのか。革靴じゃなくゴムの靴を履くべきなのか。スライド式自動ドアは無視して、手垢だらけの丸いノブが付いたドアを探すのか。

どれも無駄だった。彼を救い出すための成果を、私は何一つ得ることができなかった。

「気落ちすることないよ」

慰めるように、ニコは言った。

「君が悪いんじゃない」

私は彼の胸で泣いた。自分の方が病人になったような気持だった。

私たちは町をさ迷い歩く。快く私たちを受け入れてくれる扉を探して、角を曲がり、通りを横切り、橋を渡る。見たことのない風景に出会っても不安がらない。ニコはリズミカルに靴音を鳴らし、私は彼にぴったりと身体を寄せる。

「ねえ、ここなんかどうだろう」

ニコが立ち止まる。そこは感じのいいブティックの場合もあるし、画廊の場合もあるし、閑散とした博物館の場合もある。

「うん、とてもいいわ」

決して私は反対しない。彼の立ち止まった理由が、その場所に興味があるからなのか、ただ単にその扉に期待が持てたからだけなのか、分からないけれど、そんなことはどちらでも構わない。

時に私たちは成功し、時に失敗する。何度試みてもハードルを飛び越えることができず、ニコのイライラがつのり、息が乱れはじめると、引き上げる潮時だ。もう一度最初からやり直そうとして両膝を曲げ、回転の体勢に入るニコに近寄り、肩に手を載せる。それがあきらめの合図になる。

見物人はすぐに集まってくる。最初は路上パフォーマンスか何かだと勘違いするらしい。しかしやがて様子がおかしいのに気付き、一人、二人と離れてゆく。冷笑、内緒話、軽蔑、同情、様々なものが浴びせられる。

「邪魔なんだ。どいてくれ」

中から人が出てきて怒鳴られることもある。頭がおかしいと決め付けているのだろうか、謝っても耳を貸してくれない。

ニコはクシャクシャになってしまった足拭きマットを、きちんと元通りに直す。私たちは再び歩きはじめる。

ニコの車で初めて遠出したのは二年前の夏休み、行き先は二時間ほど北へ走った高原にある、彼のお父さんが建てたロッジだった。彼は両親に内緒で、こっそりロッジの鍵を持ち出すのに成功した。

天気は申し分なく、エンジンは快調で、トランクにはたっぷりの食料が用意してあった。ロッジはカラマツ林の中の、下草に覆われた土地に建っていた。こぢんまりとしているが、レンガの煙突とテラスのデザインが洒落ている、感じのよい家だった。すぐそばを澄んだ川が流れ、鳥のさえずりと水音が混ざり合って聞こえた。

素敵な休暇になりそうだった。私たちは初めての小さな冒険にわくわくしていたし、心からリラックスしていた。木々の間から差し込んでくる太陽の光に包まれていると、たとえニコの症状がひどい形で現われようとも、大丈夫な気がした。これまで何度もそうだったように、今回だってうまくかわせるはずだった。

ところが、あのロッジだけは特別だった。あの樫の木でできた、幾何学模様が彫刻された、分厚くて重たい扉だけは。

ニコは鍵を開け、さっそく八回の回転ジャンプからスタートさせた。彼が着地するたび、木製のポーチがギシギシ軋んだ。いつ見ても彼は美しくジャンプすることができた。数えきれない儀式の過程で、いつしかバレリーナよりも研ぎ澄まされた回転の形を習得したようだった。

しかし残念ながら、美しさはさほど重要なポイントではなかった。彼の設けるハードルは、こちらからはうかがい知れない要素で構成されているのだった。ニコの回転は八回では済まなかった。十六回、二十四回と続いてもまだポーチの軋みは止まなかった。

ちょっとばかり、てこずりそうだった。私は車から荷物を下ろし、取り敢えず玄関の脇まで運んだ。しばらくステップに腰掛けて様子を見ていたが、ニコを残し、気分転換にあたりを散歩してみることにした。川をのぞくと、銀色の背中を光らせながら水草の間をすり抜けてゆく、魚の群れが見えた。風で木々が鳴るのに合わせ、足元の木漏れ日が揺らめいた。明日は早起きをして、ニコと二人で釣りをしよう。それとも一度外に出て、再び扉を通るのが億劫だったら、ずっとロッジに籠もって、テラスで昼寝をするのもいいかもしれない。

戻って来た時、残念ながらまだニコは扉の外側に居た。汗で額に張りついた髪の毛の具合から、戦いが厳しいものだと分かった。私は腰を据えて待つことにした。珍しい事態ではなかったし、私は既に十分慣れていた。

一度扉の四隅を親指で押さえるところまで行ったのだが、次の立ち幅跳びに入る寸前、何かが狂ったらしく、また最初へ逆戻りしてしまった。今度こそ、と思った瞬間駄目になった。私は自分なりに現在の状態を脱するための工夫をした。それが何の役に立つのか自信はないが、何もしないよりはましだった。声に出さずに歌を歌ってみたり、目を閉じて彼の名前を百回唱えてみたり、石ころをできるだけ多く積み上げてみたりした。本当は優しい言葉を掛けてあげたいのに、せっかくのリズムを乱してしまうのが怖くてできなかった。

扉の向こうには暖炉と、クッションの載った寝椅子と、よく使い込まれた旧式のオーブンが見えた。居心地のよさそうな部屋だった。少しずつ日は暮れようとしていた。風が止み、小鳥たちの鳴き方が変わり、ニコの背中は暗がりに紛れようとしていた。あのオーブンを温め、チキンを焼いたらさぞかしいい匂いがするだろうと、私は思った。人を幸せな気分にさせる匂いだ。ニコはテーブルクロスを広げ、お皿を並べてくれる。彼が寝椅子に寝転がったら、私も横に滑り込んで、彼の肩にもたれ掛かったまま、何もせず夜が更けてゆくのを眺めるのだ。

その風景は手が届きそうなほどすぐ近くにあるのに、一度瞬きすると、すぐにぼやけてしまう。

ポーチの床はへこみ、ニコの膝は震え、もうほとんど身体を真っすぐにしているのも辛そうだった。

「無理しないで」

私は慎重に声を掛けた。ニコの手を握り、汗で濡れた背中をさすった。彼はすべての動きを中断し、こちらを振り向いた。

「ごめんよ」

ニコは謝った。儀式そのものよりも謝られることの方が、ずっと強く私を打ちのめすのだった。

「気にしなくていいのよ」

「どうしても駄目なんだ」

「ええ、よく分かってる」

「君だけ中へ入って、休んでほしい」

「いいえ。あなたと一緒にいたいの」

掌の下で彼の背中は震え続けていた。私はロッジの扉を閉め、鍵を掛けた。そして、

「何も心配いらないわ」

と言った。

その夜私たちは、前庭にある一段と大きなカラマツの木の根元で過ごした。そこで私たちにとっての初めての試みをした。

空の中程に三日月が出ていたが、光は弱々しく、ロッジは既に夜の底に沈んで姿が見えなかった。生き物の気配か風の仕業か、林の奥からは絶えず何かしら音が聞こえていた。土と樹液の匂いが、裸の背中にしみ込んできた。

「眠れない夜はね」

ニコが言った。

「世界のどこかにいる、僕と同じ病気に罹った、見ず知らずの誰かのことを思い浮かべるんだ」

彼の息が髪の毛に吹きかかってくるのが分かった。胸に頬を押し当てたまま、私はうなずいた。

「相談したわけでもないのに、強迫性障害の人はそっくり同じ行動をするのさ。手を洗ったり、数字を数えたり、アルファベットを塗り潰したり」

「不思議だわ」

足先に触れる下草は柔らかく、うっすらと湿っていた。星は空一面に散らばっていた。目を凝らしていると、一つ一つの星の形を見分けられるようになった。

「教えられなくてもオウムはみんな同じ形の巣を作るし、ツルは同じステップで求婚ダンスを踊る。それと似ているのかもしれない。今もどこか遠くで、僕と同じように扉の前で立往生している人がいるんだと思うと、心が落ち着くよ。その人のために祈っていると、自然に眠りにつけるんだ」

「ここには扉は一枚もないんだから、安心して眠ればいいわ」

私は言った。ニコの寝息が聞こえるまで、じっと星を見ていた。

オハラの来訪から一か月ほどたち、皆彼のことなどほとんど忘れかけた頃になって、見覚えのない雑誌が一冊送られてきた。

『剝製マニア』

趣味の悪い、けばけばしした雑誌だった。表紙には今射ち殺されたばかりといった感じの、はりつけにされたクマが写っていた。めくっていくと、様々な剝製の写真や専門店の広告に混じって、なぜかユーリ伯母さんの記事があった。

そこには彼女がオハラに渡したポートレートと、もう一枚似たような写真が並んで掲載されていた。かなり古ぼけてはいたが、よく見るとそれは伯母さんの写真とそっくりだった。椅子にひざまずいて鏡に映った自分を撮影するというスタイル、箱型のカメラ、ブラウスのデザイン、露出の加減、更には視線の向きまでもが同じだった。ただ一つ違うのは、写っているのが老婆ではなく少女であるという一点だけだった。

キャプションには，

《1914年、アレクサンドル宮殿にて。ロシア帝国ロマノフ朝、最後の皇女、アナスタシアが父ニコライ2世に送った写真》

とある。そしてユーリ伯母さんは、

《ロマノフ家最後の生き残り。猛獣館のアナスタシア》

そう、名付けられていた。

4

†猛獣館のアナスタシア†

【レポートその1】

故H氏（塩化ビニール素材製造業社長）のコレクションは、ここ十年来で最も有名な存在と言っても過言ではなく、数多くのコレクターが接触を試みてきたが、氏の強い意向によりその全貌が明らかにされることは遂になかった。よって規模や価値はもちろん、入手ルート、資金の出所、収蔵場所、等々について様々な憶測が飛び、そのために一層魅力的な伝説を帯びる結果となった。

子供がいなかったため、H氏の死後、遺産はすべて未亡人が相続した。ほどなく夫人は体調を崩して入院。その頃から、果たしてコレクションが信頼のおける管理者のもと、正当な扱いを受けているのかどうか、あるいは一気に貴重な品がオークションに出回るのではないか、といった不安と期待の入り混じった声が、コレクターの間でささやかれるようになっていた。

そんななか、退院した未亡人との面会がかない、コレクションの一端を目のあたりにする機会を得た。

正直なところ、あそこまで充実した収集がなされていたとは、予想できなかった。生涯に三十万頭の動物を狩ったという、オーストリア皇太子フェルディナント公をも満足させる迫力であった。伝説は、我々を裏切らなかったのである。

しかし、ここでコレクションの素晴らしさを詳しく記すことが、私の本意ではない。なぜなら私が対面を許されたのは、あまりにもささやかな一部分に過ぎず、そこから全貌を正確に推し量るのは不可能であるし、何より、未亡人が示す毛皮・剝製への愛情表現が、断固他人の介入を拒絶する種類のものであったからだ。

短い面会時間で私はその事実を悟った。彼女には遺産を実務的に整理しようという計算高さもなければ、新たな収集に乗り出そうとする野心もない。彼女はただ、誰からも理解されないだろう独特のやり方で、夫の遺産と会話を交わすだけだ。たとえそのことにより、神が造り賜うた最上の美の形を（私は応接間にあった、まだ若いジャガーの剝製を思い浮かべる）、取り返しがつかないほどにズタズタにしてしまう結果となっても、である。

独特なやり方とは何なのか、当然、興味を持たれるであろう。信じてはもらえないかもしれないが、未亡人は毛皮の一つ一つに、自分のイニシャルを刺繡していた。数百万は下らないだろうというベンガルトラの背中に、ツキノワグマの太ももに。

幸い刺繡は毛皮に限られ、施された数も全体から見れば大したことはないが、今後、被害が広がってゆくのは間違いない。未亡人の情熱を持ってすれば、いずれ剝製にも刺繡は広がってゆくだろう。

　ところが不思議なことに、私はさほど落胆をしなかった。もちろん、刺繍針をブスブス刺されないうちに、目の前にいるジャガーを自分のものにできたらどんなにいいだろうと願いはしたが、同時に、ジャガーは未亡人の手の中にあるからこそこれほど美しいのだと、訳もなく潔い気持になるのだった。

　夫人は病み上がりのせいか顔は青白く、痩せて背中が曲がり、神経質に常に指先を動かしている。一見気弱そうだが、警戒心が強いだけで、自分の意見はきっぱりと主張し、こちらにつけ込む隙を与えない。
だが、彼女の存在を唯一正しく象徴しているのは、何といってもその瞳だろう。あの青色を表現できる言葉を、私は知らない。

　深みがあるのに透明でもあり、吸い寄せられるようでありながら、畏れを感じさせもする。身体はすっかり年老い衰弱しているというのに、瞳は時の流れから取り残され、生まれたままの姿でそこにある。まるで瞳だけを、剥製にしたかのようだ。

　自分が寛大な気持でいられるのは、瞳の魔力のせいだと、私は気付いた。長年この仕事に関わってきて、狙った獲物をこんなにも簡単に諦めてしまうのは、初めての経験だった。いつの間にか私は、剥製よりも未亡人に興味を持ちはじめていたのだった。

彼女はアナスタシアと名乗った。最初、私はその名前を聞き流していた。ところが、話が剝製からロシア時代の思い出に移ってゆくにつれ、微かな引っ掛かりを感じるようになり、次第にそれは無視できない大きさに膨張していった。

結論から述べよう。未亡人は自らを、ロシア最後の皇帝ニコライ二世の四女、アナスタシア皇女だと明言したわけではない。ただ、そうではないかと匂わせる、いくつかの話題を持ち出したに過ぎない。しかも、態度はあくまでも控えめであり、自慢げな様子、もったいぶった様子は一切なく、重要な証拠となるだろう発言もすべて、ごく自然な会話の中でなされたものだった。

ご存じのとおり、ロシア帝国を三百年以上にわたって支配したロマノフ王朝は、一九一七年三月に起こった革命のために崩壊し、ニコライ二世、アレクサンドラ皇后、アナスタシアを含む四人の皇女と末っ子の皇太子アレクセイは、翌年七月、エカテリンブルクにおいて全員殺害された。しかし、何人かは虐殺を生き延びたという噂は絶えず、ロマノフ家最後の生き残りだと自ら主張する皇女、皇太子は、明らかな偽者も含め、現在でも世界中に存在している。

以前私は、ロマノフ家が隠した財産の中に、貴重な毛皮・剝製の類が含まれていた事実を知り、このあたりの状況について調べた経験を持っている。皇帝一家に関する資料に目を通したこともあるし、アナスタシアをはじめとする家族全員の写真も保管してある。すっかり忘れていたそうした記憶が、未亡人との会話の中で少しずつ呼び覚まされ、ある疑問を私に投げ掛けてきた。

『目の前にいる老女は、ロマノフ家最後の生き残り、アナスタシアではないだろうか』

最初それは今にも消え入りそうな、淡い疑問だった。私は未亡人に対し、ストレートに疑問をぶつけるような、愚かな真似はしなかった。非常にデリケートな問題であるし、結論を急いで未亡人との関係をこじらせたくなかったからだ。私は自分の中で、アナスタシア問題がどんどん大きくなってゆくのを、止めることができなかった。

ただ、正直に付け加えるならば、彼女を怒らせ、出入り禁止となり、二度とジャガーに会えなくなることもまた、耐え難かったのだが。

素知らぬ振りを装いながら、私は彼女の一言一言を漏らさず記憶しておこうと努めた。あくまでもブローカーとしての立場を貫こうとした。

残念ながら、今ここで事実を証明することはできない。未亡人が語ったキーワードを史実と突き合わせ、検証することは可能だが、そもそもそうした調査を目的としない今回の短い面会から、論理的な証拠を導き出すのは性急に過ぎるだろう。今私にできるのは、疑問の提起、ただそれだけなのだ。

辞去する間際、私は未亡人に写真を撮らせてほしいと申し出た。彼女は承知しなかったが、自分で撮影したポートレートならば譲ってもよい、と言ってくれた。それが写真Bである。

何とも奇妙なポートレートではないだろうか。椅子に膝を立てた格好はエレガントとは言い難いし、ぼやけた背景は不気味だし、ピントさえ合っていない。そして不機嫌そうな上目遣いの視線は、見る者をどことなく不安な気分にさせる。

それを受け取った時、写真の意味するものが何なのか、全くの不明であった。しかし自宅に戻り、古い資料を引っ張り出しているうち、自分が彼女に剝製でなく写真を求めたのは、実に賢明な選択であったと確信した。

写真Aは一九一四年、サンクト・ペテルブルグの南二十五キロ、ツァールスコエ・セロー（皇帝の村）にあるアレクサンドル宮殿で、当時十三歳のアナスタシア皇女が、鏡に映る自分を撮影して父親に送ったものである。〝手がぶるぶる震えてしまって、撮るのがとても大変でした〟という手紙も一緒に添えられていた。

Bと見比べれば、七十年近い時を隔てていながら、二葉の写真が奇跡的なほどに類似しているのが、分かっていただけるだろう。鏡の自分を写すという手法はもちろん、構図からぼやけた影の形まで、何から何までが一致している。ただ一つ、アナスタシアが老いているという、当然の事実だけを除いて。

どうか、二人の瞳を凝視してもらいたい。白黒写真であるにもかかわらず、私を虜にした青色が、そこに写し出されているはずだ。残酷にも覆いかぶさってくる老いの影が、そこにだけ及んでいないのを、感じ取ってもらえるはずだ。

文献によれば、その青色は父親ニコライ二世から受け継いだものらしい。直接剝製とは関わりないと思われるかもしれないが、誤解しないでほしい。アナスタシアを探ってゆけば、おのずと我々の興味を引く何かが引きずり出されてくるだろう。引き続き私はこの問題を追求し、成果を誌上でレポートしてゆくつもりでいる。

なぜなら、アナスタシアは猛獣館に暮らしている。アナスタシアの傍らには必ず猛獣が控え、毛皮が寄り添っている。その事実は、動かし難いからである。そして同時に、神秘的でロマンティックな歴史の不思議に、必ずや立ち合えるに違いない。

【つづく】

読み終えるとすぐさま、私は雑誌を丸め、ごみ箱へ投げ捨てた。オハラの禿げ上がった額を思い出して、気分が悪くなった。思わせ振りで気取った文章も苛立たしかった。潔く剝製の入手を断念したとか、伯母さんの思い出話に興味をそそられたとか、みんな嘘だった。オハラは取引と無関係な伯母さんの話にうんざりしていたし、最後、玄関の扉が閉まる間際まで、未練たっぷりに剝製を撫で回していたのだ。

もしオハラの記事にわずかでも真実が含まれているとすれば、彼がユーリ伯母さんの瞳に魅了されたという、ただその一点のみだろう。それは私も認める。けれどだからと言って、私たちの了解も得ず、こんな勝手な記事を載せたことは許せなかった。

ふと、ユーリ伯母さんに記事を読ませるわけにはいかないと気付き、雑誌を拾い上げ、念入りにひねり潰してからもう一度捨て直した。なぜか、伯母さんが本物のアナスタシアだったらどうしようという心配は、よぎらなかった。記事が彼女の目に触れることの方が、ずっと重大な問題に思えた。

なのに殊更下品にデザインしたとしか思えない『剝製マニア』の表紙は、いくらごみ箱の奥へ押し込めても、隠しきれないグロテスクさを発していた。血糊で汚れた板にくくり付けられたクマは、握り潰されてもなお、恨めしそうな目でこちらを見つめていた。よだれを垂らした口からは、今にも苦悶の声が漏れてきそうだった。伯父さんの頭に噛み付き、その罰を受けるようにいまだ裏庭に放り投げられたままでいる、北極グマのことを思い浮かべないではいられなかった。

やがて私の苛立ちは怖れに変わっていた。オハラは再びここへやって来て、脂ぎった額を光らせながら、そこら中の剝製に触りまくっては、伯母さんの心静かな刺繡の時間を台無しにしてしまうに違いない。ロマノフ朝だのアレクサンドル宮殿だのと意味不明の言葉を繰り出して、私たちを混乱させ、伯父さんの遺産を横取りしてしまうのだ。

私は再びごみ箱から『剝製マニア』を引っ張り出し、しばらく考えて、ソファーのスプリングの下に隠した。ニコに助けてもらうしかないと思った。

「まあ、確かに、怪しげな奴ではあるけど、君が心配するほどの悪党とも思えなかったなあ」

長い時間を掛けて記事を読んだあと、ニコは言った。皺だらけになった『剝製マニア』は、ページをめくるたびバリバリと耳障りな音を立てた。

「随分お人好しなのね」

私は身体を傾け、ニコの足に手を載せて言った。

本当なら薄紫の花で一杯になる季節なのに、支柱がむき出しになった藤棚からは、枯れた枝が垂れ下がるばかりだった。もう随分と長い間、座る人のなかったベンチには、砂埃が積もっていた。かつては館のシンボルとして、虹色の水を噴き上げていた噴水は、ただの落葉の吹き溜まりになっていた。

それでも風は暖かく、湖を照らす日差しは眩しいほどで、林から聞こえてくる小鳥のさえずりは心地よかった。とっくに枯れ果てたはずの芝生には、どこからか飛んできたらしい種が、名前も分からない愛らしい小花を咲かせていた。

「でも今問題なのは、オハラが悪者かどうかじゃなく、伯母さんがアナスタシア・ロマノフかどうかっていうことさ」

「ええ、そうね」

私は相槌を打った。

「伯母さんの生まれについて、君は何か聞いていないのかい?」

ニコは『剝製マニア』を閉じ、ベンチの脇に置くと、私の肩に腕を回した。

伯母さんについて私が知っていると言えば、日本に来てすぐ結核を患い、娘時代のほとんどを療養所で過ごしたこと、亡命ロシア人協会の世話により、帽子店のお針子として働きはじめたこと、そしていろいろな曲折を経た後、最終的にはロシア料理のレストランで伯父さんと出会ったこと、それくらいのものだった。

「ほとんど何も……」

私は首を横に振った。

「最初に伯父さんが親子ほど歳の離れたロシア人と結婚するって知った時は、半分意地悪な好奇心から、みんな素性を知りたがったけど、すぐに興味を失ったの。夫婦二人で、誰にも迷惑を掛けず、彼らだけの世界を作ってうまくやっているようだったから。歳取った伯母さん、ていう以外の何者でもなかったのよ」

いつでもニコは上手に私の肩を抱くことができた。回転の中心軸として鍛えられたニコの腕は、力強いのにふんわりとし、掌は肩先を包むのにちょうどいい大きさをしている。

「で、君はどう考える？　最後の皇女説について」

「そんなのでたらめに決まってるわ。伯母さんを見て、誰が皇帝の娘だなんて信じる？　引っ込み思案で孤独な、ただのお婆さんじゃないの」

「そんなふうに決め付けてしまうのは、ちょっとかわいそうじゃないかなあ」

ニコが遠くに視線を送った。湖で魚が跳ねるのが見えた。湖面に映った林の影が、さざ波と一緒に揺れた。

「オハラに同情する必要はないわ」

「違うよ。奴に同情なんてしてない。かわいそうなのは伯母さんの方さ」

「どうして？　伯母さんは一言だって、自分の身分を名乗ったりしていないのよ。全部オハラが勝手に言ってるだけ」

「うん。もちろん分かってる。でもなぜだか、『アナスタシアではない』と否定してしまうと、オハラじゃなく、伯母さんのことを嘘つきだって言っているのと同じような、嫌な気分に陥るんだ。特に、刺繡をしている時の姿を、思い浮かべるとね」

足に載せた私の手に、ニコは右手を重ねた。館はしんとして、どんな物音も聞こえてこなかった。ただ開け放した窓のカーテンが、なびくばかりだった。

「ええ、よく分かるわ。ニコの言う通りね」

私は言った。

「ニコがそんなふうに感じていると知ったら、伯母さんはきっと喜ぶわ」

私たちはしばらくそのまま、湖を眺めていた。太陽はずっと変わらず空の真上にあるようなのに、藤棚の影は少しずつ形を変えていた。

外の風に当たりながら、ニコと二人こうしているのが私は好きだった。ここならばどこにも、くぐり抜けるべき扉はない。扉を出てゆくニコを見送りながら、再び彼が自分の元へ戻ってこられるだろうかと、心配しなくてもいい。

「『剝製マニア』の記事を、見せるべきかしら」

私は顔を上げ、ニコに向かって尋ねた。

「別に、秘密にしておく必要もないんじゃないかなあ」

どこからか紛れ込んできた紋白蝶が、二人の足元を飛び回っていた。

「不愉快な気分にさせるだけだって、分かっていても?」

「ああ。このまま黙っていると、抗議する正当な権利を、伯母さんから奪ってしまうことになる」

「それもそうね」

「いずれにしたって、オハラの出方を見守るしかないさ。今の段階じゃあ、彼の本当の狙いが何なのか、分からないんだから。じたばたするだけ損だよ」

「考えてみたら、『剝製マニア』なんて雑誌、誰が読むの? 猛獣の死骸を集めるのに執念を燃やすような人たちが、無名の一老婆の素性に興味を示すなんてとても思えない。そうよ、放っておけばいいんだわ。簡単なことじゃないの」

私はもっと深くニコにもたれ掛かった。

紋白蝶は雑草の茂みに隠れて見えなくなった。もう一度、湖で魚が跳ねた。水の弾ける音がここまで聞こえてきた。

汗ばむほどの日差しが降り注ぐ日曜日の午後、ニコの提案で裏庭のプールを掃除することになった。

長い間、水を抜いたきり手入れをしていなかったので、あちこちコンクリートに亀裂が入っていたが、業者の見積もりによれば、ちょっとした修理で十分また使えるようになるという話だった。

まず、底に積もったゴミや枯葉をかき出す必要があった。私は子供じみた黄色いホットパンツをはき、ニコはジーンズを膝の上までまくり上げていた。どうしてこんなものが、と思うようなものがたくさん落ちていた。マニキュアの瓶、セルロイドの人形、絵筆、シャワーキャップ、鍋つかみ、トイレットペーパーの芯、ひび割れたフラスコ、チューブ入りピーナッツクリーム……。それらをスコップですくい、ビニール袋に詰め込み、一杯になると口を縛ってプールサイドに並べていった。

私たちは協力し合って作業を進めていった。相手が自分に何を求めているか読み取り、次に自分が何をすれば効率が上がるか、互いに察知した。堆積物の下の方はほとんどヘドロのようになっていて、腐った剥製と同じ臭いがした。すぐに汗が噴き出し、せっかく塗った日焼け止めクリームも流れてしまった。それでもどんどん増えてゆくビニール袋を眺めていると、充実した気分になれた。

ユーリ伯母さんは花模様の室内着姿で、片手にコーラの入ったグラスを持ち、もう片方に裁縫箱を提げてプールサイドへ現われた。こちらに向かって手を振ると、デッキチェアに寝そべった。

私たちとは違う瞳の色のために、眩しさを強く感じてしまうからだろうか、大きなサングラスを掛けていた。作業を見守っているようでもあったし、眠りに落ちているようでもあった。ちょうど足元のところに、例の北極グマが転がっていた。

だいたいのゴミが片付くと、あとは水を流しながら、デッキブラシで汚れを落としていくことにした。底にも側面にもべったりと汚れが付着し、独創的な模様を描き出していた。ソラマメの形にカーブしたプールなので、余計手間が掛かった。いくら力を込めても、なかなかきれいにならなかった。私たちは作業に飽きると、互いの足に水を掛け合ったり、ブラシでリズムを取って歌を歌ったりした。飛沫が散り、その一粒一粒に日差しが反射してきらめいた。

「伯父さんと一緒に、ここで泳いだんですか？」

プールの底からニコは伯母さんに声を掛けた。

「ええ、もちろん。二人でよく競争したものです」

伯母さんは眠ってはいないようだった。いかにも気分のよさそうな声だった。両手を枕代わりに頭の下に滑り込ませ、裾が乱れて膝があらわになるのも気にせず、無造作に足を組んでいた。

「雪国育ちだからって、馬鹿にしないで下さいね。リヴァディアやペテルホフの別荘で、毎年海水浴を楽しんでいましたの」

「二つも別荘があるなんて、羨ましいなあ」

ブラシにもたれ掛かってニコは言った。

「あら、だって子供には、海水浴が必要でしょ？　お日さまを浴びて、塩水で皮膚を鍛えなくては」

水の音と伯母さんの声が響き合って聞こえた。

直射日光を受け、北極グマはますます衰弱が進んでいた。毛がもつれて所々地肌がのぞき、そこに三ミリくらいの細長い虫が湧いて、皮膚を食い破っていた。それでも忠実な態度は崩していなかった。

「リヴァディアは黒海のほとりにあるんです。ペテルブルグがまだ寒い時分でも、もう野イチゴが実っているほどに暖かくてね。でも海岸は小石が多くて、裸足《はだし》で歩くと痛くて難儀をしました。ペテルホフはバルト海に面した町で、ヨットが停泊していましたから、夏の大部分はそこで過ごしました」

「まあ、素敵じゃない」

私はホースを延ばし、もっと遠くまで水が届くようにした。伯母さんは一口コーラを飲んだ。

「そのヨットで、フィンランド沖の島を巡りますの」

オハラの一件以来、彼女はロシア時代について語ることが多くなった。どれも断片的な話ばかりで、時には空想的と思われるような内容も含まれていたが、一応筋道は立っていた。固有名詞の記憶もしっかりとし、思い出すのに苦心している感じではなかった。

「伯父さんと勝負できるっていうのが、すごいよなあ」

ニコは再びブラシを動かした。髪の毛から汗が滴り落ちていた。

「あの人が背泳ぎ、私が立ち泳ぎで、端から端まで競争するんです」

伯母さんはストローで氷をかき回した。

少しずつ、プールは本来の姿を取り戻しつつあった。相当に剥げかけてはいるが、ブルーの塗料が見えてくるようになった。私は結婚式の日、弟と二人でプールの水をのぞき込んだことを思い出した。怖いくらいにきれいな青色で、それが伯母さんの瞳と同じ色だと気付いたのも、ちょうどその時だった。

　私は彼女が立ち泳ぎをしている姿を思い描こうとした。痩せた腕は水面をバチャバチャと鳴らし、足は海藻のように頼りなく揺らめき、それに合わせてたるんだ下腹と乳房も波打っている。真剣な様子の割りにはちっとも前へ進まない。水着の肩紐がずれ落ちても気にしない。背中には老人斑が広がり、足の甲は浮腫《むく》んで変形している。その横を伯父さんが優雅な背泳ぎですり抜けてゆく。

　次に気付いた時、伯母さんはサングラスを老眼鏡に取り替え、『剥製マニア』を読んでいた。

「伯母さんのことが出てるのよ」と、ごくさり気ない感じで手渡しておいたものだった。その独特の表紙は、離れていても見誤ることはなかった。

　私とニコはプールの掃除に集中した。剥がれ落ちた垢や藻や泥が、ヌルヌルと排水口へ吸い込まれていった。最初、一日では無理かと思ったが、あと底の三分の一を残すだけで、もう少し頑張れば夕暮れまでには片付きそうだった。昔通りとはいかなくても、浄化装置を修理し、パラソルを立て、たっぷりと水を注げば美しいプールになるのは間違いなかった。

　こんなふうに太陽の下で一緒に汗を流していると、もしかしたらニコの病気は治ってしまったんじゃないだろうか、という気がした。疲れを知らずにブラシを動かし続けるその同じ手で、何のためらいもなくノブを回すニコの姿が、胸に浮かんできた。たとえ錯覚だと分かっていても、心安まる瞬間だった。

時折、私たちは伯母さんの様子をうかがった。彼女は淡々と読み進めていた。興奮した表情も見せず、ため息もつかず、苦笑もしなかった。

全部読み終えると、なかなか興味深い雑誌だとでもいうように、他のページをめくり、表紙のクマを眺め、皺を伸ばした。そして裁縫箱を開け、刺繍をはじめた。カモノハシの花瓶敷きだった。

オハラが再び接触してきたのは、プールの掃除をした次の日だった。彼のやり方はずる賢く、かつ巧妙だった。直接私が手出しできないよう、伯母さん宛ての私信の形で、〝『剥製マニア』愛読者の集い・御招待状〟なるものを送り付けてきたのだ。しかも、

「もしよろしければ、是非奥様の手品の芸をご披露していただきたく、会員一同心より願っている次第です」などという一文が添えられていた。

手品を持ち出すなど、伯母さんの身辺を調査した証拠だろう。そのことが不気味だっ

た。しかしもっと驚いたのは、伯母さんが招待に応じるつもりでいることだった。

「あの男の狙いは剝製なの。ただそれだけなのよ」

私は言った。

「そうかしら」

意に介さないふうに伯母さんは答えた。

「だって、前お会いした時に、はっきりお断わりしましたもの」

「相手はプロなんだから、簡単に諦めるはずがないわ」

「もしそうだとしても、平気。まさか力ずくで強奪していくわけじゃないでしょう」

「甘く見られてるのよ、私たち。所詮、世間知らずの老人と、青臭いお嬢ちゃんだって」

「目くじら立てることないわ。私はね、手品をお見せできるのが嬉しくてしょうがないのよ。久しぶりですもの。大勢のお客さんの前でご披露するのは。腕が錆付いていなければいいのだけれど」

早速、伯母さんはいつもの鞄から手品の道具を取り出すと、いそいそと造花の花弁を数えたり、仕掛けの具合を調整したりしはじめた。目にするたび鞄は日に日に膨らんでおり、手品道具は以前より更にくたびれているようだった。まんまと伯母さんは、オハラの作戦に引っ掛かっていた。

「あの男が本心から手品を見たがっているなんて信じられる？　そんなの伯母さんを引っ張り出すための口実に過ぎないの。そのうえ伯母さんをロマノフ朝のお姫さまだなんて言い出す始末。一体、何を企んでいるのか……。とにかく、こちらをいい気にさせて、油断させて、じわじわ攻め込んでくる作戦なの。隙あらば金儲けの種を拾おうとしている男なのよ。はっと気づいた時には、収集した剥製全部、丹精込めて刺繍した毛皮全部、持っていかれるに違いない。いい？　張り切って手品なんかしても、誰も本気で見てくれやしないわ」

伯母さんはうつむいたきり、黙っていた。ただ、シルクハットのほつれた縫い目をいじるばかりだった。そして、型崩れするのも構わずシルクハットを無理矢理折り畳み、造花も万国旗もスカーフも、全部まとめて鞄に押し戻そうとした。

「ごめんなさい」

はっとして、私は謝った。けれど伯母さんは手を止めようとしなかった。

「そんなことしちゃいけないわ。大事な道具が壊れてしまう。ユーリ伯母さんの手品をけなすつもりなんてなかったの。ただ、オハラって男が信用できなかっただけ。だから許して。お願い」

慌てて私は道具類を救い出し、シルクハットの形を整えた。

「オハラは鈍感な男じゃありません」

うつむいたまま伯母さんは言った。

「鋭い神経の持ち主ですよ。なぜなら、私がアナスタシアだって言い当てたじゃありませんか」

穏やかな口調だった。少しも私のことを責めてはいなかった。なのに、安堵できなかった。

「……あれは、本当のことなの?」

「お馬鹿さんねえ。じゃあ、あなたは今まで、どうして私がAばかり刺繍してると思っていたの?」

伯母さんは言った。

5

『剝製マニア』愛読者の集いは、町の中心部にある文化センターの会議室で行なわれた。ユーリ伯母さんと私は、ニコの運転する車で約束の場所へ向かった。伯母さんは手品の道具が入った例の鞄を膝に載せ、久しぶりの外出に浮き立つ心を抑えきれない、といった様子で窓の外を眺めていた。

ニコはスピードを落とし、慎重に運転したが、それでもきちんと閉まり切っていないトランクが、始終カタカタと不愉快な音を立てた。象足のテーブルのせいだ。手品にはどうしてもそれが必要なのだと伯母さんが譲らなかったので、ニコが苦心してトランクへ積んだのだった。交差点を曲がるたび、象の足が道路に転がり落ちはしないかと、気が気でなかった。

オハラは上機嫌で私たちを迎えた。

「ようこそ我が、『剝製マニア』の集いへ。お待ち申し上げておりました」

そう言って、伯母さんの手にうやうやしくキスさえしてみせた。伯母さんは軽くうなずいてキスを受けた。それからオハラは象足のテーブルをニコから受け取り、たった一人で張り切って会議室まで運び上げた。

かつて私が接したなかで、最も居心地の悪い、最も奇妙な集いだった。肥満体の老人、松葉杖の紳士、浮浪者同然の男、痩せぎすの美女、子犬を抱いた青年……、種々雑多な人間が五、六十人ほど集まっていた。こちらを安心させるような統一感が、欠片《かけら》も見出せなかった。

ただ一つ彼らを束ねているのは、全員が例外なく、普通でない雰囲気を持っているという点だった。目付きか、唇の動かし方か、靴下のセンスか、何かが一続きの輪郭からどうしようもなくはみ出し、そのアンバランスさが集結して互いに共振し合いながら、独特の和音を響かせていた。思い過ごしだろうけれど、館にしみ込んでいるのと同じ、動物の臭いが漂っている気がした。

会はオハラの司会で手際よく進行していった。幾人かが前に立ち、スライドを使って剝製について何かしらの報告、発表を行なった。偶蹄類における角の分類・骨質と角質の違い。ポーランド保護区におけるヨーロッパバイソン個体数の推移。爬虫類有鱗目に有効な防腐剤の使い分け。

どれも退屈な話だった。しかしメンバーたちは発言者の一言一言に反応を示し、いかにも感心したふうにうなずいたかと思うと、メモを取ったり感嘆の声を上げたりした。

私は隅の椅子に所在なく腰掛け、次々と映し出されては消えてゆく動物たちを眺めていた。粒子の粗い、ぼんやりしたスクリーンの上の彼らは、館にあるどの剝製よりもぐったりと打ちひしがれているようだった。裏庭に打ち捨てられたままでいる北極グマの方がまだ、伯父さんに噛みついた頃の精悍さを残していた。

隣で伯母さんは剥製の話になど一切耳を傾けず、ただ手品にだけ神経を集中させていた。何度もシルクハットの中にゴソゴソと手を突っ込み、スカーフを広げては畳み直し、ステッキの柄を掌でしごいたり腋の下に挟んだりした。そんなふうにいじってばかりいると、せっかくの仕掛けが狂ってしまうのではないかと心配だった。

「大丈夫よ。昨夜ちゃんと準備万端整えたんだから」

伯母さんの手を握り、私は耳打ちした。

「ええ、そうね……」

こちらを向いて息を一つ吐き出すと、少し気分が楽なのに、と私は思った。ニコはいまトから点検をやり直すのだった。

ニコがそばにいてくれたら、もう少し気分が楽なのに、と私は思った。ニコはいまだ正面玄関の前で、儀式の遂行に悪戦苦闘していた。何の変哲もない両開きのガラス戸だったが、生憎相性が悪かったらしい。

時折私は会場を抜け出し、踊り場の手すりから玄関の様子をうかがってみたが、足拭きマットの上に着地するニコの靴音が聞こえるだけだった。仕方なく私は、会議室に戻るよりほかなかった。

「皆様、大変にお待たせいたしました」

頬を火照《ほて》らせ、肥満した腹を突き出し、もったいぶった口調でオハラが言った。

「先刻お知らせいたしましたとおり、本日は特別なゲストにお越しいただいております。我々といたしましてもこれほどの光栄はありません。さあ、ご紹介しましょう。猛獣館の貴婦人、アナスタシア様です」

一段と大きな拍手が沸き上がった。ひっきりなしに動かしていた指先を止め、伯母さんは立ち上がり、スカートの脇をつまんでお辞儀した。

手品をしている時、もっと正確に言うならアナスタシアとして扱われる時、伯母さんはどうしてあんなにも背筋をぴんと伸ばしていられるのだろう。私がよく知っている伯母さんは、伯父さんの傍らでいつも申し訳なさそうにうつむいている、病んだ蔓のようだったのに。今、見知らぬ人々の視線を浴びる姿には、引っ込み思案で臆病な様子はどこにもない。

手品の腕前は相変わらずだった。コインは指の間から滑り落ちて床を転がり、ステッキの先から飛び出すはずの造花は、途中で引っ掛かって破れてしまった。しかしメンバーたちは誰も白けたりはしなかった。伯母さんの結婚披露パーティーの招待客よりもずっと友好的だった。最後にはアンコールの拍手が起こり、杖が打ち鳴らされ、子犬までが吠えだす賑わいになった。

彼らが剝製に対するのと同じ親愛を手品に向けてくれたことに、感謝すべきなのかどうか、私には分からなかった。オハラはまるで、拍手が自分自身に向けられたものであるかのように得意げだった。

「ロマノフ家から伝わる剝製を、何かお持ちですか」

「皇帝もやはり、狩猟のご趣味を？」

「友人のジャーナリストであなたに興味を抱いている人間がいるんです。ぜひ一度、インタビューさせていただけませんか」

皆、口々に質問をした。オハラは彼らを遮って言った。

「直接アナスタシア様に話し掛けられては困ります。そういうお話は以降、必ず私を通してなさるよう、お願いいたします」

その間もずっと伯母さんは、シルクハットから引っ張り出した万国旗を掲げる最後のポーズを決めていた。

館へ帰り着いた時、私たちは三人ともくたくたに疲れていた。

「今日は伯母さんの手品を見られなくて、すみませんでした」

玄関ポーチでニコは言った。

「いいのよ、そんなこと、気にしなくても」

新品の靴のせいで靴擦れができてしまった足をさすりながら、伯母さんはステップを上がった。背骨が浮いて見える後ろ姿からは、昼間の活気はとうに消え失せていた。文化センターの扉を克服できなかったショックを、ニコはまだ引きずっているようだった。館の玄関で再び儀式を行なうエネルギーは残っておらず、ポーチまで象足のテーブルを運ぶのがやっとだった。

「これは明日、ちゃんと居間へ運ぶよ」

「そんなの、いつだっていいのよ。それより今日はありがとう」

「いや……。じゃあ、伯母さん。お休みなさい」

「ええ、あなたもぐっすり眠るんですよ」

私たちは短い言葉を交わした。

夜の中に置き去りにされた象足は、たるみの一筋一筋が月明かりに照らされて浮き上がり、ひんやりと濡れているように見えた。

やがて夏休み前の試験が始まると、ほとんど伯母さんには構っていられなくなった。父が亡くなり、館へ引っ越してきて以来、生活のリズムが変わって疎かになっていた大学の勉強を、取り戻す必要があった。

朝、伯母さんのために一日分の食事を用意し、電子レンジの使い方を言い含め（何度説明しても彼女はそれを覚えることができなかった）、一番に図書館へ入って閉館時間まで勉強した。帰ってくるとたいてい伯母さんはもう寝室に引き上げたあとで、食卓に散らばる汚れた食器と、ソファーの下に落ちている刺繍糸の切れ端だけが、彼女の一日がいつものごとく過ぎた事実を物語っていた。私は後片付けをしてから、自分の部屋でレポートを書いた。

時々、クリニック通いの合間を縫ってニコが勉強の手伝いに来た。資料を分類したり、要約のメモを取ったり、レポートの構成についてアドバイスをしてくれたりした。

真夜中、疲れて気分転換が必要になると、二人で動物図鑑を持ち、剝製たちを観察して歩いた。ホール、書斎、廊下、洗面所、階段、どこでも適当な場所で立ち止まれば、すぐさまそこが観察場所となった。

「あれは、セーブルアンテロープ、っていうのじゃないかしら」

壁の高い所に掛かった、サーベル状の角を持つ頭を私は指差す。

「ちょっと待って」

ニコは私よりずっと注意深い。哺乳類・反芻亜目・ウシ科のページを何度でもめくり返す。

「見てごらん。耳の形がおかしいよ。細長くて、先に房みたいな毛が生えてるだろ？　こっちのローンアンテロープだ、きっと」

耳慣れない謎めいた名前を、ニコは上手に発音することができた。

「本当だわ。角の色も黒っぽいし、額の模様も違ってる」

私は図鑑に載っているその動物ではなく、それを指し示す彼の指先を見つめてしまう。

「体高130〜160cm、体重240〜280kg。南アフリカ北部、スーダン・アンゴラ・セネガルの草原や森林地帯に住む。6〜20頭の群れで生活し……」

ニコは図鑑の説明文を朗読する。恐らく死ぬまで訪れることはないだろう、スーダンだかセネガルだかの草原を私は思い浮かべる。そこは気持のいい風が吹き抜け、地平線の向こうには草を食む群れが見える。でもそれがローンアンテロープなのかどうか、私には見分けられない。

「さあ、次に行こうか」

図鑑を脇に抱え、ニコは私の背中に掌を当てる。私たちは次の標的を求めてあちらこちらに視線を向ける。

改めてよく見れば、同じ種類の、似たように見える剥製も、皆微妙に異なる表情を持っていた。模様がずれていたり、角と顎のバランスが違っていたり、瞳の色に濃淡があったりした。ほとんどは口を開け、歯を見せていた。そんな中、慎ましくじっと唇を閉じた剥製を見つけると、いとおしく感じた。息絶える瞬間、草原を覆う空に向かい叫ぼうとして飲み込んでしまった最後の息が、喉の奥にまだ残っているような気がした。

夜はますます更けてゆく。外の気配は伝わってこない。湖は夜の底に沈み、木々は細い枝の先までが闇に絡め取られ、身動きできないでいる。

伯母さんの寝室の前を通る時だけ、私たちは足を忍ばせる。でも扉の内側は、剥製たちが醸し出すのと同じくらい深い静寂に満たされ、そこに生きた人間が眠っているのを忘れてしまうほどだ。

「これがいいわ」

私は廊下の突き当たりの丸テーブルに置かれた剝製を手に取り、見た目より重みがあるのに戸惑いながら、ニコの前に差し出す。

「確か、翼手類のあたりに載っていたはずなんだ……」

ニコが開いたページには、手を一杯に広げたコウモリの写真が、一面に並んでいる。それを一つ一つ剝製と見比べてゆく。どんな小さな違いでも、ニコは見逃さない。正しい名前を見つけ出さなければ、失礼に当たるとでも言いたげな熱心さで、図鑑に指先を這わせる。

「ナミチスイコウモリだわ」

「うん、間違いない」

大事な役目を一つ果たし終え、私たちは微笑み合う。

ナミチスイコウモリは私の手の中で、不機嫌そうに宙を見つめている。貧弱な頭に大きすぎる尖った耳、ずんぐりとした胴体。上唇はめくれ上がり、鼻はつぶれ、目はほとんど役に立ちそうもないほど小さい。そして彼の意向とは無関係に、何かの間違いでスルスルと伸びてしまったような指。翼はまだしなやかさを失ってはおらず、枝分かれした指先がそこに張り付いて、稲妻のような模様を描き出している。

「こんなに醜い動物が夜の闇を守ってくれているかと思うと、安心して眠れそうだ」

ニコが言った。私は剝製をテーブルに戻す。伯父さんが飾っていた場所からずれないよう、気を配る。

「前腕長5～6・3㎝、頭胴長7・5～7・9㎝。中央アメリカ・南アメリカ北東部の平野に棲む。上顎の鋭い牙で動物を咬み、流れ出た血をなめたり、傷に口を押し当てて血を吸い取ったりし……」

ニコの声は薄暗がりの中にゆっくりとしみ込んでゆく。壁中を埋めつくすヘラジカもガゼルもバクもラマも、皆心を落ち着かせ、眠りに落ちるための祈りの言葉を聞くように、ニコの朗読に耳を傾けている。

試験が終わり、久しぶりに掃除機をかけようとして伯母さんの寝室に入ると、いつの間にか様子がすっかり変わってしまっていた。元々、剝製と毛皮がスペースを占領してはいたが、更にその上に、本や衣類やがらくたがあふれ出し、収拾のつかない状態に陥っていた。

「ねえ、ユーリ伯母さん……」

恐る恐る私は呼び掛けてみた。積み上げられたがらくたのすき間からのぞくと、ベッドに寝転がっている伯母さんの姿が見えた。

「どうかしました?」

声の調子はいつもの通りだった。床に散らばる何やかやを踏み付けないよう、注意して私はベッドに近寄った。

「どうしてこんなに汚してしまったの?」

「汚したなんて、あんまりな言い草ね。納戸の奥に押し込めていた思い出の品を、飾っただけですよ」

伯母さんは読みかけの本を閉じ、身体を起こして言った。『ロマノフ朝最後の皇帝一家・その記録アルバム』と、表紙には書いてあった。

「でもこれじゃあ、掃除機がかけられないわ。もう少しどうにか、整頓した方が……」

「いいのよ、気は遣わないで頂戴。整頓ならもう十分できています。掃除なんてしても無駄ですよ。どうせすぐまた動物たちの毛が抜けるんですから」

伯母さんはうつぶせになり、本の続きに戻った。ネグリジェ姿のままで、袖口には朝食の時のオムレツのケチャップが、染みになって残っていた。太陽は既に高く、バルコニーには強い日差しが照りつけ、湖は反射するきらめきに一面覆われていた。風が吹き込み、カーテンの裾に刺繍されたAの文字が揺れた。

「古いものをいつまでもしまい込んでいたら、それが本当に自分の持ち物だったかどうか、分からなくなるんだから、歳を取るって難儀なことね」

私に向かって、というのでもなく、独り言でもなく、伯母さんはつぶやいた。

ベッドの上にも〝思い出の品々〟は進出し、人が一人横になるだけのスペースしか残されていなかった。本棚も飾り戸棚もライティングデスクも似たような状態だった。指か鼻先か頭の半分か、どこかが欠けている西洋人形の数々。大小様々な大きさの宝石箱。前時代的デザインの大仰な帽子。燭台、オルゴール、レース、リボン、バイオリン、手袋、香水瓶……。

しかし、一番目立つのは写真だった。それはすき間のない鎖となって、部屋をぐるりと取り囲んでいた。例外なく、盛装した西洋人の、色褪せすりきれた家族写真だった。

ロマノフ家の人々なのだろう。たぶん、恐らく……。

どれもこれもが古びていた。疲れ切って、生気をなくしたような古び方だった。あるものはピューマの股間に身を潜め、あるものはヤマアラシの毛皮の中に埋もれていた。これだけの品々をどこに隠していたのか、どこから運び入れたのか、私には見当もつかなかった。

ただ一つ、昔から鏡台に飾られていた、結婚式の時の写真がそのままだったことが、いくらか慰めとなった。ロマノフ家の人々に半ば押しやられてはいたけれど、そこには自信満々の伯父さんと、はにかみ屋の伯母さんの姿が間違いなく写っていた。

私は足元に転がっているオルゴールを拾い上げた。

「オリガ叔母さまが誕生日にプレゼントして下さったの」

本に視線を落としたまま、伯母さんは言った。

「オリガって誰？」

私は尋ねた。

「お父さまの妹よ」

伯母さんは人差し指をなめ、ページをめくった。

「蓋を開けると鏡の上で、女の子がクルクルスケートをするんです。叔母さまが細工師に注文して特別に作らせたのよ。女の子の目はサファイアで、スケート靴の刃は銀でできているの」

片手に載るくらいの木製の箱で、表面には格子模様が彫り込まれていた。ぜんまいが切れているのか、蓋を開けても音楽は鳴らなかった。女の子の姿などなく、銀の靴とサファイアも見当たらず、中身はただの空洞だった。蓋の裏はニスがはげ落ち、安っぽい合板の地がのぞいていた。私はそれを、元の場所に返した。

　今度は写真立ての一つを手に取ってみた。

「母に抱かれている赤ん坊が私。洗礼式の記念に撮った写真ね」

　おびただしい数の中から私がどの写真を手にしたのか、伯母さんにはすぐさま分かるらしかった。

「母が喪服を着ているでしょ？　お祖母さまのヴィクトリア女王がお亡くなりになって、まだ喪中だったからなの」

　確かに母親は首元の詰まった黒いドレス姿だった。そのためにより貞淑な雰囲気が強調されていた。アナスタシアはレースの産着にくるまれ、首が据わっていないせいか窮屈そうに母親の胸にもたれ掛かり、二人の姉は父親の両脇に、長女はソファーの下に座っていた。日に焼けて黄ばんではいても、娘たちの金髪の柔らかさや、サテンの靴の上等さや、母親の指を飾る宝石の大きさは十分に伝わってきた。

「いつ撮ったの？」

「一九〇一年の七月。生まれてから二週間後よ」

「どこで手に入れたの？」

「自分が写っている写真を持っているからって、誰も文句を言う人はいないはずです。ロシアを逃げてくる時からずっと持っていた写真。それも、これも、あれもね」

適当にそのあたりを指差すと、伯母さんは新しいページをめくった。

私は写真立ての裏の留め金を外し、中の写真を取り出した。伯母さんは嫌がらなかった。それは写真ではなく、絵葉書だった。

試しに他のも調べてみたが結果は同じだった。絵葉書か、雑誌の切り抜きか、印刷会社の名前がプリントされたブロマイドだった。端が虫に食われ、破れそうに傷んでいた。

「そうだわ。伝えるのを忘れてた。明日、お客さまがいらっしゃるから、お願いね」

言い忘れなくて本当によかった、という顔をして伯母さんがこちらを見た。

「どなた?」

「さあ、よく分からないの。オハラさんが連れていらっしゃるから。とにかく、私の話が聞きたいらしいわ。どうせあなた、試験は終わったんでしょ?」

私はうなずいた。

「私がどんな人物であるかに興味を抱く人が、この世の中に一人でもいるなんて、素敵なことだと思わない? まるで、恋をしているみたいに素敵じゃありませんか」

伯母さんは目を細め、バルコニーの向こうの湖を見やった。

「お客さまのために、何か美味しいお菓子を用意しておいて」

明るい日差しに照らされると、瘦せて落ち込んだ口元や、首のたるみや、縮こまった耳の形がよく目立った。ネグリジェの襟元は、汗で湿っていた。一段と暑い一日になりそうな予感がした。

扉を閉める時、振り返ってもう一度部屋を見回した。相変わらず伯母さんは読書に没頭していた。そこは剝製とロマノフ朝、二重の囲いに閉ざされた秘密基地だった。伯父さんとアナスタシア、二人に防護された、誰も侵すことのできない安全地帯だった。

剝製マニアの集いに参加していた人かどうかははっきりしないが、オハラが連れて来たのは、地方の私立大学を定年退職したという歴史学者だった。案外感じのいい老人で、オハラが無遠慮な振る舞いを見せるたび、自分のせいであるかのように恐縮して首をすくめた。

「こちらのご婦人は、実にお心温かい方です。もちろん、姪ごさんも、そのお隣の青年も、です。堅くなることなどありません。リラックスして楽しみましょう」

オハラは伯母さんの代理人気取りで、またしても掌にキスするのを忘れなかった。

しかし、歴史学者の期待に副《そ》う、実りある面会になったかどうかは疑問だった。老人はきちんと下調べをし、質問を厳選し、なおかつ節度をわきまえてもいたが、伯母さんの受け答えが自由気ままに過ぎた。

一応話の筋は通っていても、全体像を眺めようとすると途端に掴み所がなくなった。質問の小さな一部分だけを取り上げ、とめどなく拡大させてゆき、自分でも手に負えなくなると、こめかみを押さえ頭痛を訴えて口をつぐんだ。あるいは、あまりにも詳細に記憶をたどっているうち、本質からどんどん離れてゆき、迷路に閉じ込められ、最後にはその場にいる誰一人、質問の内容を思い出せなくなるのだった。

子供の頃、主治医の息子と一緒に描いた水彩画について、スケッチブックの表紙のデザインや絵の具の匂いが延々と語られていたかと思うと、いつしか話題は仮面舞踏会、松明《たいまつ》を掲げた馬橇《ばそり》、ヨットへと続き、伯父さんとの剝製収集旅行の思い出が挟まって、次に気付いた時には、弟の愛犬ジョイが登場している……というような具合だった。

オハラはすぐさま伯母さんの昔話に飽きてしまい、一人立ち上がって応接間の剝製を見物しはじめた。ソファーに戻るのは、クッキーやチョコレートをつまむ時だけだった。やはり気になるのは、ジャガーのようだった。手をズボンになすりつけてお菓子の脂を拭い、ジャガーの隅々を撫で回した。

歴史学者は取り留めのないお喋りから、何かきらりと光る確信を得ようと努めていたが、うまくいかなかったようだ。途中で伯母さんの頭痛がひどくなり、面会は打ち切られた。ニコと私は厄介な客を追い返せてほっとした。オハラだけがいつまでもぐずぐずして、ジャガーから手を離そうとしなかった。どんなにいやらしい手つきで触られようと、最後まで彼女は頭頂部から背中、尻尾の先にまで至る気高いラインを崩さなかった。

結局、歴史学者は一番大切な質問をしなかった。

「あなたはアナスタシア皇女ですか?」

と。

夏休みになって私たちが最初にしたのは、プールへ水を入れることだった。一晩水道の栓をひねっておいてもまだ、一杯にならなかった。待ち切れずに私はプールサイドに腰掛け、少しずつ水が増えてゆく様を眺めていた。

「じっと見てたからって、早く一杯になるわけじゃないよ」

ニコが来て隣に座った。

「だって、あふれたらいけないもの」

私は彼を見上げた。光が眩しすぎて、目を開けていられなかった。

ニコの素足はもう水面に届いた。濡れた爪先が冷たくて気持よさそうだった。

「伯母さんは？」

「朝から出掛けたきり、まだ帰ってきていないの」

「実はさっき、ここへ来る途中で姿を見掛けたんだ」

「どこで？」

「役場の裏通りにある、骨董屋の中だよ」

「そう……」

私はうなずいて、足をぶらつかせた。爪先が浸るには、もうしばらく時間がかかりそうだった。

「品物をあれこれ吟味しては、店員に注文をつけたり、値札を引っ繰り返したりしていたよ。車の中から見ただけだから、詳しい様子は分からないけど、真剣に買物している感じだった。いつもの重そうな鞄を、しっかりと提げてね。でも一体、何を買おうとしていたんだろう」

ニコは目を細め、遠くに視線を送った。水の音が途切れることなく鼓膜の底を流れていた。それは余計な雑音を残らず吸い込み、私たち二人のためだけの静寂をもたらしてくれた。

「古い絵葉書か、それとも壊れたオルゴールか……」

私は言った。えっ、とニコが聞き返した。

「一度、寝室をのぞいてみるといいわ。ようやく剥製の増殖がストップしたと思ったら、今度はロマノフ家の人々の写真に侵略されそうよ。伯母さんはね、皇帝一族の絵葉書やブロマイドを集めて、部屋中に飾ってるの。写ってる人物の名前だって言い当てられるし、いつどこで撮った写真かも、淀みなく説明できるの」

「へえ……」

「それだけじゃないわ。古道具屋で買ってきたらしいがらくたを積み上げて、その一つ一つに物語を与えているの。目も眩むようなきらびやかな、ロマノフ王朝の物語をね」

閉じた唇から息を漏らすだけで、ニコは特別な感想は述べなかった。呆れたふうでも、不可思議そうでもなかった。

「この間の歴史学者が一歩でも寝室に足を踏み入れたら、一遍に伯母さんの嘘を見破るでしょうね」

と、私は言い足した。

注水口から広がる波紋はプールの隅々にまで行き渡り、水面を揺らした。さっきから少しも水は増えていないような気がした。日差しの当たる角度によって、波紋はブルーやシルバーやエメラルドに染まった。力を合わせて掃除したおかげで、小さなゴミ一つ浮いていなかった。

「物語を隠していそうな骨董品を、探していたのかなあ」

ニコは尋ねた。

「たぶん、そうだと思う」

「手伝ってあげればよかった……」

木立の間から紛れ込んできた焦茶色の小鳥が一羽、水面を切って飛び去っていった。飛沫が舞い上がり、波紋が乱れたが、すぐにまた元に戻った。

「伯母さんに物語を授けてくれる、掘り出し物がないかどうか、一緒に探してあげるべきだった。言い訳はしたくないけど、どこかしら近寄りがたい気配を発していたんだ。刺繍をしたり、手品をしている時とは違う、目の詰んだベールで全身を覆っているような感じ、とでも言ったらいいのか。だからつい、言葉を掛けそびれてしまった。骨董屋の扉をスムーズに通過できる自信もなかったし……。でも、何かの役には立てたはずだ。せめて鞄を持ってあげることだって、できたはずなんだ」

ニコは舌打ちし、水を蹴った。ズボンの裾が濡れた。

「気にすることないわ。伯母さんだって、あなたが不意に現われたら、舞台裏をのぞき見されたみたいで、不快に思うかもしれない。それにあなたは今でも十分、伯母さんの役に立っているわよ」

私はニコの腕を取り、横顔を見つめた。相変わらず太陽は高く、水は流れ続けていた。

「いや、伯母さんがアナスタシアになるための助けに、もっとなりたいと思うんだ。君だってそうだろ？」

無防備にニコがこちらを振り向いたので、私はただ黙ってうなずくしかなかった。

「伯母さんは僕を寝室に入れてくれるかなあ。それがちょっと心配だ。僕もロマノフ王朝の物語が聞きたいよ」

「心配いらない。大歓迎で迎え入れてくれるはずよ」

私は答えた。

その時、玄関で車の停まる音がした。しばらくして茂みの向こうから、鞄の重みでバランスを崩しつつ歩み寄ってくる伯母さんの姿が見えた。

「まあ、ニコ、いらっしゃい。どうしてそんな暑いところに座ってるの？ 早く中へ入って、冷たいものを飲みましょうよ。ね？」

水音を貫いて、伯母さんの声が真っすぐ響いてきた。

6

†猛獣館のアナスタシア†
【レポートその2】

特集ページにもあるとおり、去る六月三日、日曜日、第四十四回『剝製マニア』愛読者の集いが、かつてない盛況ぶりをみせ、貴重な成果と示唆をもたらしたことは、主催者の一人として大きな喜びである。ここに改めて愛読者の皆様にお礼を申し上げたい。

さて、今回の集いを特別なものにした功労者は、希少動物の剝製でも高価な毛皮でもなく、何と言ってもH氏未亡人、アナスタシアさんであろう。H氏のコレクションやロマノフ王朝との関わりについて、もっと突っ込んだ話が聞きたいと思われた方々もあるだろうが、結果的には、あのような形の顔合わせが最も適切だったと確信している。その証拠に未亡人は我々のもてなしに大変満足され、『剝製マニア』の活動にも親しみを感じられた様子だった。

実際、貴婦人アナスタシアを目のあたりにして、皆様はどんな感想を持たれただろうか。無慈悲な老いによっても汚されない優美さ、気高さ、長い苦難の旅を経て培われた忍耐、寛容……。あの短い手品の間に、貴婦人は実に魅力的な表情を見せてくれた。

ここで、念のため、我々の〝アナスタシア〟について検討する前に、皇帝ニコライ二世一家の最期を、歴史的に要約しておきたいと思う。

一九一六年十二月、皇帝の姪の夫、ユスポフ公らによって怪僧ラスプーチンが殺害された時から、ロマノフ王朝の崩壊は始まった。あらかじめラスプーチンが予言したとおりの、終末の訪れだった。日露戦争、および第一次世界大戦によって国力を失ったロシアに革命が起こり、三百年以上にわたるロマノフ家の支配に終止符が打たれたのは、一九一七年三月のことだった。前線の軍司令部から戻ってきた時、ニコライ二世はもはや皇帝ではなくなっていた。

一家はしばらくアレクサンドル宮殿に軟禁されたのち、シベリアのトボルスクを経て、最終的にはエカテリンブルクにあるニコライ・イパチェフ邸に幽閉された。周囲を高い木の柵で目隠しされ、窓に白ペンキが塗られたその邸宅を、レーニン率いるボリシェヴィキ党の将校たちは、〝特別な目的を持った家〟と呼んだ。

幽閉生活について、現在でも様々な噂や憶測が飛びかっているが、快適とは程遠いものであったことは間違いないようだ。食事は警備兵たちの残り物で、一日に一度だけ許される庭歩きにも厳しい監視がついた。しかし彼らを真に絶望させたのは、粗暴な看守たちに自尊心を傷つけられることだった。寝室や浴室、トイレのドアまでが取り外され、所持品を奪われ、暴力をふるわれた。女性たちに対し(まだ少女だったアナスタシアを含め)、性的暴行が繰り返されていたという証言も残っている。

一九一八年七月十六日の夜中、とうとうその瞬間がやって来た。市内で起こっている銃撃戦を避けるため、避難するよう命じられた一家は、疑問もいだかずに着替えをし、処刑チームの隊長に導かれて地下の小部屋へ入っていった。血友病のために身体を動かせない末っ子のアレクセイをニコライ二世が背負い、次に皇后アレクサンドラ、四人の皇女（オリガ二十二歳、タチアナ二十一歳、マリア十九歳、アナスタシア十七歳）、侍医ボトキン、三人のお供（従者、侍女、料理人）が続いた。侍女は宝石箱を羽毛の奥に縫い込んだ枕を握り締め、アナスタシアは愛犬のジミーを抱いていた。

隊長が死刑執行の文書を読み上げだして初めて、ニコライ二世は事態を察したが、既に何もかもが手遅れだった。狙撃隊は一斉に発砲を開始したのである。

コルセットにダイヤモンドを縫い付けていたためにそれが盾となり、皇女たちの胸を狙った弾は跳ね返され、部屋中を霰《あられ》のように飛び散ったという。アナスタシアの腕からこぼれ落ちた愛犬ジミーは、ライフルの銃床で頭を叩き潰された。

死体はトラックの荷台に積み上げられ、エカテリンブルクの北方にある湿地帯の、廃坑に捨てられた。すべてが完了した時、既に夜は明けていた。

これが大まかな経過だが、事件から六十年以上が過ぎた今になってもまだ、公式な事実は歴史に記録されてはいない。第一次世界大戦が終結へとむかう中、イパチェフ邸での惨劇は数々の謎を生み出し、噂を流布させていった。秘密のトンネルから脱出して一家全員が助かった、あるいは、射殺されたのは皇帝一人だった、等々。

しかしたとえ、罪のない子供までが殺されるはずがない、というセンチメンタルな根拠からであったとしても、皇女の一人が今もどこかで無事に生き延びていると信じることを、誰が否定できるだろうか。世の中には、本人が望む望まないに関わりなく、なにものかの人差し指によって指名され、伝説を生きる運命となる人間が、必ずいるのである。

こうした悲劇を踏まえれば、未亡人に対して私が取る慎重な態度も、もっともだと理解していただけるに違いない。問題なのは未亡人が自分の出自を声高に宣伝したがっているわけでも、それを証明したいと躍起になっているわけでもない、ということだ。彼女は夫の遺品に自分のイニシャルを刺繍しながら、晩年の日々を淡々と送っているに過ぎない。あとは時折、手品を披露して拍手をもらえれば、それで十分だと思っている。世間の好奇な目によって、その静かな日々が踏み荒らされることを、私は一番怖れる。

ただ、未亡人を発見し、このレポートをスタートさせた本人として、経過の報告に責任を負っていることは承知している。どうか私の本意がのぞき見趣味にではなく、未亡人及びH氏コレクションへの純粋な敬意にあるという事実を、ご理解いただきたいと思う。

集いからしばらくたって、専門的な立場からの意見を求めるため、私はある歴史学者を猛獣館へ案内した。結果、かなり長時間にわたるインタビューを取ることに成功した。しかし、やはり、事態の複雑さを改めて思い知らされるばかりで、すっきりとした結論は得られなかった。インタビューなどというものに慣れていない未亡人は、おそらく手品に相通じるサービス精神からか、多くの話題を繰り出して下さったのだが、どうにもそれらはまとまりを欠き、自由奔放に過ぎた。また未亡人の体調が、しばしば話の流れをせき止めた。

私は歴史学者の先生の助けを借り、猫が無茶苦茶にした毛糸玉のような録音テープを、丹念にほぐしていった。そして真実の解明に近付くためのポイントを、一つ探り出した。

それは、ノアの方舟に関する思い出話だった。

アナスタシアさんによれば、ヘッセン家の公女だった母親は輿入れするにあたり、本名のアリックスをロシア風のアレクサンドラに改名すると同時に、信仰もプロテスタントからロシア正教へと改宗した。アレクサンドラ皇后にとって、信仰は生涯にわたる精神の支柱であったようだ。皇后専用の礼拝堂で熱心にお祈りする母親の姿をよく思い出すと、アナスタシアさんは証言した。惨劇のあとイパチェフ邸に入った白軍は、壊れたイコンと、あちこちに押し花の栞が挟まった、皇后の聖書を発見している。

皇后の信仰心は、皇太子アレクセイに血友病が発見されたことでますます深まってゆき、ひいてはラスプーチンへの異常なまでの傾倒につながったのである。

一九一六年、ロシア人パイロットがアララト山の中腹で古代船の残骸を発見した。皇后はすぐさまそのニュースに心を奪われ、現地に調査隊を派遣した。アララト山はノアの方舟の上陸地だと信じられている場所だったからだ。私のアンテナに引っ掛かったのはアナスタシアさんの次のような一言だった。

「母は調査隊が持ち帰った古代船の木片で十字架を作り、金のロケットに入れてお守りとして私たちに持たせてくれました」

革命の混乱でとうに行方知れずになったはずのそれが、まだそこにぶら下がっているかのように、彼女は胸元を押さえた。

ふと目蓋の裏に、小さなペンダントと朽ちかけた木片の姿がありありと浮かび、訳もなく私を魅了した。

先生と手分けして入手可能な限りの歴史書、新聞・雑誌、公文書、私信等々を検索したが、どの資料に当たっても、確認できるのは、皇帝夫婦の命により調査隊が結成されたところまでで、写真や現物を含む報告書は、戦争と革命の波に飲み込まれ、皇帝夫婦の手元に届く以前に永遠に失われてしまった、というのが結論である。
　では、アナスタシアさんが言うノアの方舟の木片とは何なのか。単なる思い違い、妄想に過ぎないのか。そこで閃いたのが、以前、ロマノフ朝所有の剝製・毛皮について追跡調査した折の記憶だった。
　天文学的な価値を有するロマノフ朝の遺物たちは、現在までありとあらゆるルートを経て世界中に散らばっている。ロマノフ家に関わりのある品なら何でも欲しがる金持ちもいれば、宝石、絵画、玩具、とターゲットを絞る収集家もいる。リネン業で成功を収めたアメリカ、ボストン在住の大富豪W氏は、前者のパターンだった。W氏のコレクションには、偶蹄類頭部を中心としたかなり貴重な剝製が数十点含まれていた。写真①は、それら剝製の実態を調べるために私が手に入れた、W氏の財産目録の写しである。
　更に、目録の十四ページを拡大したのが写真②。そのうち、項目№D‐116を注目していただきたい。翻訳すれば、
[ロケット型ペンダント。純金製、手彫り細工。開閉部止め金部分0・3カラットダイヤ付き。イニシャル〝OTMA〟入り。ロケット内部に炭化した木片一個。十字架？]
となる。

当時剝製にしか注意を払っていなかった私は、この項目に心を留めなかった。しかし今、読み直してみれば、間違いなくこれは我らのアナスタシアが言う、ノアの方舟で作られた十字架ではないだろうか。

目録の続きによれば、ペンダントは正式なオークションではなく、元ボリシェヴィキ警護隊だった男から、リネン業の取引先関係者数人の手を経て購入されたものであることが分かる。イニシャル〝ＯＴＭＡ〟は皇女たち四人姉妹が自分たちの絆の強さを示すため、それぞれの頭文字を取って作ったサインであり、手紙や贈り物などに使われていた。よって間違いなくペンダントは、皇女たちの誰かの持ち物である。

十字架の後にクエスチョンマークがついているのは、おそらく元々が朽ちかけていた上に、ロケットの中で磨耗し、はっきりした十字架の形を留めていなかったからではないかと思われる。財産として金のペンダントにのみ価値が置かれ、中の木片がほとんど無視されているのは、皮肉なことだ。しかし無理もない。誰がそんな木屑を、ノアの方舟の木片だと考えるだろうか。秘密を知っているのはただ一人、ロマノフ家最後の生き残り、アナスタシアだけである。

今回のレポートは、ささやかな一つの事実に対する検証に過ぎない。私自身、ノアの方舟がアナスタシア問題をすぐさま解決に導いてくれるなどとは考えていない。たとえ剝製関係の本業に支障をきたすような事態になろうと、これからも私の検証作業は地道に続いてゆくだろう。

人の波に押され、ふと立ち止まってため息をつく瞬間、あるいはいつまでも眠れずに雨の音を聞いている真夜中、私は未亡人の姿を思い浮かべる。シルクハットを片手に、関節をギクシャクさせながらお辞儀している姿や、応接間のソファーで背中を丸め、額の皺を震わせて頭痛に耐えている姿だ。そして瞳の青色があんなにも美しいのは、世界にたった一人取り残された孤独を、その奥に隠しているからだと気づく。自分のすぐ近くに、そうした孤独が潜んでいると思うだけで、心が静かになるのは不思議だ。

今はただ、ペンダントを相続したW氏の孫娘が、朽ちかけた十字架を捨てないでいてくれることを、願いたい。

【つづく】

夏休み、ニコと私は自由時間のほとんどを伯母さんのために費やした。二人で一緒に映画も観なかったし、アルバイトもやらなかったし、今年の夏には必ずあの扉を征服してみせるよ、と約束していた、ニコのお父さんのロッジへも行かなかった。『剝製マニア』愛読者の集いで手品を披露して以来、伯母さんを取り巻く環境はずいぶんと変化してしまった。自分たちと同じ町に、ロマノフ王朝最後のお姫さまが、身分を隠して暮らしているらしいという噂は、じわじわとではあるけれど、間違いない確かさで広まっていった。

最初にその状況に気付いたのは、定期検診のために伯母さんを病院へ連れて行った帰り、アイスクリームスタンドの前のベンチに三人で腰掛け、休憩している時だった。見知らぬ中年女性がためらいもなく近寄ってきて、伯母さんにサインを求めたのだ。

「アナスタシアさんでしょ？」

質問するというより、幸運な遭遇を逃してはならない、という強引さを込めた口調で女は言った。私たち三人の間では、ガラスの箱に仕舞って不用意に蓋を開けないよう心配りしているその名前が、堂々と発音されたことに私はたじろいだ。

伯母さんは視線をずらして宙を見つめ、アイスクリームを左手に持ちかえ、それから慎ましやかにうつむいた。自分にそんな資格はないと辞退しているようでもあり、元皇女はサインなどしないものだと拒絶しているようでもあった。

「あの、困るんですけど……」

私は抗議したが、効果はなかった。女はボールペンと紙を差し出した。アイスのコーンを包む、ナプキンだった。

ニコはいつもの通り、成り行きを邪魔しない態度を貫いた。女がもっと伯母さんの近くに寄れるよう、ベンチの端によけていた。

伯母さんは黙ったまま、溶けたアイスクリームでべたつく指にボールペンを握り、膝頭に紙ナプキンを広げ、字を習ったばかりの幼児のような手つきで、大きく一文字〝A〟と書いた。ごつごつした膝の骨と、柔らかすぎるナプキンのせいで、アナスタシア皇女を象徴するにしては、あまりにも不恰好な〝A〟になった。横棒の付け根のところは、穴があきかけてさえいた。その間ずっと伯母さんは、アイスをなめていた。

女が何度も礼を述べ、紙ナプキンを折り畳んでハンドバッグに仕舞い、遠ざかっていったあとも、私たちはこのハプニングについてお互い一言の感想も述べなかった。ただ伯母さんが、「やれやれ」とでも言いたげに、バニラの匂いのするげっぷを一つ、漏らしたに過ぎない。

オハラは次々と面会希望者を猛獣館に連れて来た。歴史学関係者はもちろん、作家、新聞記者、編集者、主婦、不動産屋、バレリーナ、女優、古書店主、心霊術師……。あらゆる種類の人間たちが、伯母さんに会いたがった。私は毎日のように、お客さん用のお菓子を買いに行かなければならなかった。

「誰でも彼でもいい、という訳じゃありません。伯母さまの立場を一番に考慮し、厳しい基準をクリアーしたお客様のみ、お連れしているのです」

と、オハラは胸を張って言った。

確かに彼のマネージメント能力の高さは、認めなければならない。効率よく面会時間を組み立て、伯母さんが嫌がること（例えば写真の撮影など）は断固として許さず、体調の問題を最優先に考慮した。門のすき間から中をのぞいたり、塀によじ登ったり、更にエスカレートして勝手に庭をうろつくような無礼な相手には、容赦のない態度を示した。毎週月曜日の朝、彼は呼び鈴も鳴らさず上機嫌で入って来ては、アナスタシア専用のスケジュール帳を伯母さんの前に広げ、一週間の確認と調整を行なった。伯母さんは彼を忠実な執事のように扱い、彼もまた上手にその役割を演じた。

なぜあっさりと伯母さんがオハラを信用してしまったのか、理由は分からない。一番最初にアナスタシアと呼んでくれたからか、それともただ単に、手品の腕をおだてられてうれしかったのか。いずれにしても伯母さんは、自分に与えられたスケジュールを嫌がらずにこなした。お客が到着する何時間も前から、念入りに洋服をコーディネートし、香水を選んだ。一週間に一度は、私がマニキュアを塗り直してあげた。

たいていの客は玄関先で、猛獣類の迫力に圧倒され、尻込みした。見え透いたお世辞を言う人もいたし、ハンカチで口元を押さえ、気味の悪さを隠せない人もいた。花やチョコレートやシャンパンを持って来る人もいれば（どんなつまらないプレゼントでも伯母さんは大喜びした）、手ぶらの人もいた。ある女優は挨拶するのも忘れ、頬杖をついて伯母さんの瞳に見惚れ、ある作家はANASTASIAのアルファベットを織り込んだ即興の詩を作った。

顔を見られるだけで満足な面会者とは、比較的スムーズに会話できたが、本人か偽者か見破ってやろうと企む相手には、わざと素っ気なくしたり、好き勝手な筋道で収拾がつかなくなるまで喋り続けたりした。いずれの場合も主役は伯母さんであり、その中心点が動くことはなかった。応接間を飾る猛獣たちの、ガラスの瞳さえもがすべて、伯母さんを見つめているかのようだった。

明らかにうんざりした様子の人でさえも、帰りぎわにはサインを求めてきた。色紙、ハンカチーフ、ブロマイド、扇、住所録、財布、シャツの背中。人々は皆、一番ふさわしいと思うものを差し出した。伯母さんはそれらどれにも、不恰好な〝A〟を書いた。

私はできるだけ面会に立ち会うようにした。ニコも付き合ってくれた。オハラを付け上がらせないために、姪としての立場を主張する必要があったし、何より、伯母さんが窮地に立たされた時、すぐさま救いの手を差し伸べなければと思ったからだ。けれど実際、私とニコには何の用事もなかった。どんなに意地の悪い質問をされようとも、伯母さんはうろたえず、むきにならず、自分一人の才覚で相手をけむに巻くことができた。

「凄惨な処刑現場から、どうしてあなた一人、逃げ出すことができたんです？」

などと聞かれれば、

「重傷を負って、気を失っていたんです。何も憶えていません」

と言って、今でも傷が痛むかのように顔をしかめる。

「失礼ですが、もしかして、それは当時の傷では？」

目ざとい客は、襟ぐりからのぞく、首元の引きつれを指差す。

「え、ええ……」

伯母さんは首元を掌で隠し、意味ありげにうつむく……。

私はその傷が、数年前、お風呂場で転び、割れた鏡の破片で切れた時のものだと、知っていた。

一方、いつまでたっても私はオハラを信用できなかった。彼が伯母さんを宣伝するのは、お金と伯父さんのコレクションのためであり、『剝製マニア』のレポートにあるような綺麗事のためではない、という私の信念は決して揺るがなかった。ある日、面会希望者の一人から振込み先の口座番号を確認する電話があり、オハラが紹介料を徴収している事実が発覚した。

「まるで私が伯母さんを利用して、お金儲けしているみたいに思われるわ」

と、私はまずニコに訴えた。

「仕方ないよ。彼はそれ相応の労力を払っているんだから」

ニコはさほど、意に介していない様子だった。

「こっちが頼みもしないのに、一人で勝手にやっているだけよ」

「でも、彼がいなくなったら、興味津々で館をのぞきたがる人たちを、あれほど見事にはさばけない。それにとにかく、伯母さんは喜んでいるみたいじゃないか。少し、若返ってもきたし」

確かにその通りだった。自分が何者であるかを気にしてくれる人間が、この世に一人でもいるなんて、恋をしているみたいに素敵じゃありませんか、と言った伯母さんの言葉を私は思い出した。

紹介料の件は、見て見ぬ振りをすることにした。こちらの取り分を要求する気も一切なかった。節度を守った範囲で、伯母さんが老後の生活に楽しみを見出し、伯父さんの死のショックから少しでも立ち直ってくれるなら、それでいいじゃないかという気がした。いつの間にかオハラのペースに巻き込まれ、そこから抜け出せなくなっているのは不本意だが、今さら、伯母さんの寝室に築かれたロマノフ朝の要塞を打ち崩すだけの勇気は、私にはなかった。

もっと悪質なオハラの不正が発覚したのは、夏休みが半ばを迎えようとする頃だった。夜、自分の部屋へ戻ろうとして何気なく廊下の突き当たりを見やった時、剝製が一つ、なくなっているのに気づいた。そこの丸テーブルの上には、コウモリたちがびっしりと翼を広げ、並んでいるはずだった。そのうちの一つが消えていた。館を支配する剝製たちの存在感から比べれば、それは取るに足らないすき間でしかなかった。もしニコが動物図鑑を朗読してくれていなかったら、私も気付かなかっただろう。なくなっていたのは、ナミチスイコウモリだった。

　それから私は館中を詳しく調べてみた。既にコレクションたちは私にとって単なる風景となっており、一個一個の剝製の状態を気に留めることなどなかったから、何が紛失しているか確認するのは不可能だった。しかしいくつか、踊り場の隅や、飾り戸棚の上や、ホールの壁ぎわに不自然な埃の跡を発見した。つい最近まで、そこに何かしらの剝製が置いてあったのは確かだった。

　私はオハラの動きに注意を払った。彼は面会の途中で応接間を抜け出すことがたびたびあった。私は伯母さんのお喋りから意識を遠ざけ、館のどこかから聞こえてくるオハラの足音に耳を澄ませた。

　確証を得るまで、しばらく日にちがかかった。彼も一応用心はしていたのだろう。私はオハラの後をつけた。彼は遠慮なく居間からサンルーム、キッチンにまで入り込み、コレクションを鑑賞していた。脇腹を愛撫し、角を握り、裏返して足の裏の刻印を読み、背中に頰ずりした。

　選ばれたのは、暖炉の上のインパラだった。前々から目を付けていたらしく、迷う様子はなかった。両手で角の付け根をつかみ、壁のフックから止め金をはずすと、他の剝製たちにぶつけて余計な音を立てないよう、そろそろと抱き下ろした。さすがに緊張しているのか、こめかみを汗が流れ落ち、小刻みに膝が震えていた。

念の入ったことにオハラは、サンルームの隅に転がっていたもう一つのインパラを持ってきて、空いた暖炉の上に飾り、カムフラージュした。私の目から見れば似たような剝製だが、たぶん価値が違うのだろう。

インパラの頭をバランスよく抱えて歩くのは、ずいぶんと骨が折れるようだった。両手では収まりきらないほどに大きく、額から鼻にかけては長く、そのうえ角が複雑なカーブを描いていたからだ。オハラは腹を突き出してその上に剝製の鼻先を押し当て、耳の下から両腕を回し、まるで突進してきたインパラと格闘するような恰好だった。

「コウモリの時は、もっとたやすかったんでしょう?」

ポーチの前に停めた車のトランクへ隠すつもりだったのか、堂々と玄関ロビーを横切ろうとするオハラに、私は声を掛けた。

「こっそり持ち出すにしては、それはちょっと、大きすぎるんじゃないでしょうか」

オハラは立ち止まり、振り返った。インパラが邪魔になって表情は半分隠れていたが、荒い息遣いだけは私の耳にも届いてきた。

しばらく二人とも黙っていた。応接間の方からわずかに伯母さんの話し声が漏れてくるだけで、あとはしんとしていた。オハラはずっとインパラを抱えたままだった。

ついさっきまで魅力的な品だったはずのそれが、部外者の登場によりいっぺんに厄介な代物に成り下がってしまい、もうどこにも持っていき場所がなくなった、という感じに見えた。汗ばんだ両腕にはインパラの茶褐色の毛がまとわり付き、反り返った腰は、重さに耐えかねて少しずつ傾いていた。

「今までに、どれくらい盗んだんです？」

返事はなかった。

「もちろん、誰の許しも得ていませんね」

不意に伯母さんの笑い声が聞こえ、すぐにまた静かになった。

「一番欲しいのは、応接間のジャガーなんでしょ？」

「伯母さまが知ったら、どんなに嘆くでしょう」

「あの小さなナミチスイコウモリは、いくらで売れました？」

こうして質問を繰り出しているのは、答えが聞きたいからではなく、インパラとオハラをどう扱っていいのか、混乱しているからだった。盗みを働く人間を目のあたりにするのは、生まれて初めてだった。スリに遭ったことも、万引きを目撃したこともなかった。自分は相手を罰すべき立場なのに、彼と同じくらい心臓が激しく鼓動し、身体が強ばっていた。なぜか自分の方が、盗人になったような気分だった。

天窓から差し込んでくる西日の中で、インパラとオハラは二つで一つの輪郭を成していた。インパラの鼻はオハラの腹に埋まり、額から頭頂部にかけての隆起したラインは、そのまま肩につながっていた。ただ二本の角だけが、あらゆるものに惑わされることなく、繊細なカーブを保ちながら宙を突き刺していた。

「それだけは、やめて下さい」

舌が渇き、声がかすれていた。

「そのインパラだけは……」

私は続けた。

「伯父さまと伯母さまの、結婚の証人なんです」

ヒステリーを起こしたり、彼を口汚くののしったりせず、正当な理由を主張できたことに、自分で安堵していた。私は二人が暖炉の前で誓いのキスをした場面を、繰り返し思い浮かべた。

オハラは後退りし、階段の下にインパラを置いた。首の切断面と床がぶつかり、鈍い音がした。疎《まば》らな髪はもつれて頭皮に張り付き、皺だらけのワイシャツはズボンからはみ出し、たるんだ腹にはくぼみが残っていた。剝製の重みから解放されてもなお、両足は無様にねじ曲がっていた。

表情は私に声を掛けられた瞬間から凍り付いたまま変化せず、時折眉毛が痙攣するだけだった。いつもの調子で要領よく弁解する気配もなく、かと言って、後悔の念に苛まれ、うな垂れるふうでもなかった。二人とも沈黙の中に身を沈めていた。インパラは毛並みと同じ茶褐色の瞳で、どこか遠くを見つめていた。私は一人、応接間に戻った。

7

それからも相変わらずの生活が続いた。インパラ事件の次の日も、同じようにオハラは館へ現われた。伯母さんの美しさを讃え、手の甲にキスし、スケジュール帳をめくって一日の予定を読み上げた。更に面会希望者がどんどん増えている現象について、自慢げに分析してみせた。

オハラが客を連れてくる、伯母さんが応接間で相手をする、サインをして帰ってもらう、夜は刺繍をする。その繰り返しだった。空いた時間があると鞄を抱えて外出し、ロマノフ関係の品々を買い集めては、寝室に持ち帰って展示した。ベッドを取り囲む要塞は、日々強固になるばかりだった。

珍しくオハラがやって来ない日の午後は、三人でプールに入った。プールならば、ニコは儀式なしで、いつでも好きな時に飛び込むことができた。

肌が白すぎてすぐに赤くなってしまう伯母さんに、日焼け止めクリームを塗るのはニコの役目だった。私がやるとくすぐったがって嫌がるのに、ニコの前では聞き分けがよくなるのだった。

伯母さんはデッキチェアにうつぶせになり、目を閉じる。伯母さんの水着はロシア時代のものかと思わせるほどに古めかしく、おしりのところはすり減り、所々縁の縫い取りが綻びかけている。

「いいですか？」

ニコはクリームを掌に絞り出し、首元から背中、両腕へと塗ってゆく。

ニコの掌がどれほど大らかで、柔らかいか、私はよく知っている。それは浮き出た肩甲骨も、カサカサに皮のむけた肘も、首元の傷跡も、優しく包んでゆく。伯母さんはうっとりとして気持のよさそうな吐息を漏らす。背中にニコの指の跡がうっすらと浮かび上がり、すぐにまた消えてゆく。ジュースの氷が溶け、澄んだ音を立てる。木立からの木漏れ日がプールサイドで揺れている。

「ねえ、早く泳ぎましょうよ」

私は待ち切れずに、足をバシャバシャさせる。

「先に泳いでたらいいよ」

「一人じゃつまらないわ」

そう言って私はすねてみせる。

聞こえているのかいないのか、伯母さんは横たわったきり、なかなか起き上がろうとせず、いつまでもニコを独占している。

予想に反して伯母さんの立ち泳ぎは見事だった。顔に一粒の水滴も散らさず、プールの端から端まで泳ぎ切ることができた。両膝の角度をこまめに変化させながら、足首で複雑な水流を描き、それに合わせて両腕も休みなくしなった。水着はたるみ、肩紐は半分ずり落ちていた。

泳いでいるというより、崇高な苦行に没頭しているかのようだった。水に濡れると、伯母さんの身体は余計老いて見えた。

「それがロシア流の泳ぎ方なの？」

「僕たちにも教えて下さいよ」

「あんまり無理しない方がいいわ」

「宮殿にもプールはあったんですか？」

私とニコがいくら話し掛けても、泳いでいる間の伯母さんは返事をしない。前だけを見据え、ひたすら水をかき続け、端までたどり着くと排水溝にペッペッと唾を吐いて、再び泳ぎ始める。私とニコは伯母さんの邪魔にならないよう、浮き輪につかまって空を眺めたり、水中でキスをしたりする。


オハラと私は表面上、何事もなかったかのように振る舞った。視線が合うと彼は落ち着きなく唇をなめ回し、さすがに動揺は隠せない様子だったが、私は敢えて何の反応も示さなかった。罪を糾弾もせず、脅しもかけず、皮肉さえ言わなかった。その方がより彼を怖がらせることができると思った。だからインパラはそのまま、ロビーの階段下に転がしておいた。

階段を上がる時、私は踊り場からインパラを見下ろした。宙を突き刺す角の形が、自分とオハラが共有する秘密の、象徴であるかのように見えた。

どうしてオハラの振る舞いを見逃してやったのか、自分でも不思議だった。その場でもすぐに館から叩き出すことも、警察に電話することもできたはずだった。もちろん、ニコの助けを求める方法だってあっただろう。なのに私は、オハラがインパラを手放すのを確認すると、何も言わずその場から立ち去ってしまった。

結局は動物の死骸でしかないそんなもののために、危険を冒し、大汗をかき、その上現場を押さえられて弁解もできず、獲物に抱きついたまま硬直していたオハラが、哀れに思えたからかもしれない。愚かにもあの時のオハラは、じっと動かずにいれば、自分ももの言わぬ剝製になれると信じているかのようだった。

怒りはわいてこなかった。泥棒してまで欲しいのなら、くれてやってもいいじゃないか、ここには腐るほど剝製があるんだから……。そういう気分だった。罰を与えるより、無言でいることの方がずっと楽だった。

伯母さんは暖炉の上のインパラが入れ替わり、そこにあったはずのものが階段下へ移動している事実になど、気付きもしなかった。ましてやナミチスイコウモリを含むいくつかの剝製の紛失については、なおさらだった。オハラがあくせくとコレクションを盗み出したところで、猛獣館には何の変化もなかった。伯母さんは手を伸ばしたところに、イニシャルを刺繡できる動物が二つか三つあれば、それだけで十分満足なのだった。

ことさらに暑苦しく、湿気の多い晩だった。伯母さんは階段の一番下のステップに腰掛け、ジャコウウシの毛で織った敷物に刺繍をし、私は居間から引きずってきたロッキングチェアーに座って、開け放たれた玄関ドアの向こうに広がる、夜空を眺めていた。テラスよりもベランダよりも、館中でそこが一番風通しがよかったからだ。そして玄関ドアの外では、夕方からずっと、ニコが儀式に没頭していた。

館の玄関では、一クール以上費やしたことがなかったので、猛獣館の出入りは問題ないと油断していた。なのにあっさりと裏切られた。小さな希望の光を見せておいてから、更に深い暗闇へ突き落とすのが、儀式を司る悪魔のやり方だった。

「ねえ、気分を変えて、勝手口を試してみるっていうのはどう？」

何百回めかの試みが失敗に終わり、新しい回転に入る直前の空白を見計らって、私は言った。

「もう手遅れだよ。余計に混乱するだけさ」

ニコの声は弱々しく、打ちひしがれていた。最も馴染んでいるはずの扉に拒絶され、ショックを受けているのが分かった。唇は青ざめ、ジーパンは汗で変色し、セイウチの足拭きマットはいつの間にか、ポーチの片隅で丸まっていた。

「このもつれた糸をどうにかしてくれなくては、先へ進めないわ。あとほんの少しで、蔓バラのカールしたところが完成するのに」

伯母さんは金色の糸の塊を忌々しげに振り回した。

「裁縫箱をちゃんと整頓しておかないからいけないのよ」

私は糸をほぐしにかかった。

林から吹いてくる風は頼りなく、熱気をかき回しているに過ぎなかった。湖の上に出た三日月も、溶けてしたたり落ちそうだった。オオトカゲの革を張ったロッキングチェアーの肘掛が、腕にじっとり張り付いて気持悪かった。ニコは新たな回転に入った。

もともと彼に来てもらったのは、オハラが持ち込んだ新たな提案について、相談するためだった。オハラは伯母さんをテレビに出演させようとしていた。本物のアナスタシアかどうか、番組の中で検証しようというのだ。けれどニコも伯母さんも、当面の問題を片付けるのに精一杯で、オハラのことにまで頭が回らないようだった。

「少し休んだ方がいいわ。脱水症状を起こしちゃう」

私はキッチンから水を一杯持ってきて渡した。ニコは敷居を踏まないよう注意してコップを受け取ると、素直にそれを飲み干したが、儀式をやめる気配はなかった。

「ねえ、早く糸をほぐしてくれない？」

伯母さんが言った。

「他の所を先に刺していればいいじゃない」

「そういうわけにはいきません。ちゃんと順番というものが決まっているんです。ご覧なさい。ニコだって順番を守るのに、あれほど苦労しているじゃありませんか」

いつもと同じように、伯母さんの足元には、糸くずやジャコウウシの毛玉が散らばっていた。裁縫箱の中身は何一つ本来あるべき場所に収まっておらず、蓋が閉まらないほどにあふれ返っていた。

「ええ、分かってるわ。そうね、伯母さんの言う通りよ」

金色の糸はどうしようもなく複雑に絡まり合っていた。ニコがポーチに着地するたび、ロッキングチェアーが揺れてきしんだ。蛾や黄金虫が何匹も飛び込んできては、ロビーのシャンデリアにぶつかってうるさく翅を震わせた。床に落下し、逆さまになってジージーともがくのもいた。

「だけど、いくら何でも、テレビはふざけすぎだと思うわ」

私は言った。伯母さんはジャコウウシの敷物を膝に掛け、インパラにもたれ掛かっていた。

「こうしていると、ひんやりして気持がいいわ。暑い所に棲む獣は、みんなとっても骨が冷たいんです」

と言って目を閉じ、インパラの角に頰を押し当てた。

「結局は、見世物にされるだけよ。大げさな音楽で雰囲気を出して、司会者がわざとらしく驚いたり涙ぐんだりしてみせるの。文化センターで手品を披露するのとは、意味が違うのよ」

ニコも伯母さんも返事をしなかった。

「慎重になった方がいいわ。浮かれているみたいに思われるのは心外だし、テレビの画面って残酷なものよ。容赦なくその人のありのままを映し出してしまうの」

本当にインパラの角は冷たそうだった。伯母さんはパイル地のネグリジェ姿で、髪はばらけ、お風呂上がりにつけた首元のシッカロールが、汗でよれていた。

「平気ですよ」

目を閉じたまま伯母さんは言った。

「オハラがうまくやってくれます。今までだって、そうじゃありませんか」

林道を走る車のヘッドライトが湖に映り、すぐに闇に飲まれていった。町の音は皆遠くに霞んでいた。もうどれくらい、三人でここでこうしているのだろう。ロビーには時計がないので、月の動きで時間を計るしかなかった。ニコの疲労の具合からして、かなり長い時間が過ぎたのは間違いなかった。そろそろ、限界のようだった。

「ねえ、もう遅いから、明日にしましょう。別に今、どうしても中へ入らなくちゃならない理由もないんだし」

「そうさ、いつでもそうなんだ」

ポーチの柱につかまり、肩で息をしながらニコは言った。

「扉の前でもたもたしている間に、いつだって僕は用なしになる。僕を待っていたはずの人でさえ、いいのよ別に無理して入ってこなくても、って言うんだ」

「用なしだなんて、思うはずないでしょ。馬鹿ね。こんなにひどい熱帯夜ですもの。上手に回転できなくて当然よ。一晩休養すれば、また気分も楽になるわ」

「扉の向こうでは、皆がうまくやってる。僕一人がいなくたって、関係ない。最初からそんな人間、いなかったみたいに振る舞っているんだ」

「ねえ、ちょっと考えたんだけれど、テラスから入ってみたらどうかしら。簡単なことじゃない？　きっとうまくいくはずよ。だって、窓は扉とは違うんだから」

「そう簡単にはいきません」

伯母さんが口をはさんだ。

「どんな建物にもテラスがついているとは限りませんでしょ？」

「ここには広々した、立派なテラスがあるんだからいいじゃないの」

「窓から入れたからといって、玄関の儀式を遂行したことにはなりません」

伯母さんはインパラの額に顎を載せ、角の間から顔をのぞかせていた。足元に広がるジャコウウシの敷物は、いがいがと毛羽立ち、見ているだけで暑苦しかった。

「お願いだから、ニコを余計に追い詰めるようなことは言わないで。儀式に関してはね、伯母さまより私の方がずっと詳しいの」

「あら、失礼。もしかしたら窓には窓の、儀式があるんじゃないかと思ったんです。扉に対するのと同じような、エレガントで凝った儀式がね」

再びニコは回転をスタートさせた。

「やめて」

伯母さんか、ニコか、どちらに向かって言ったのか自分でも区別がつかなかった。

「もうやめて。難しく考える必要なんてないのよ。だってそうでしょ？　たかだか、家へ入るだけのことなんだから」

金色の糸を握り締めて私は立ち上がり、裸足《はだし》でポーチへ出た。

「いけませんよ」

背中で伯母さんの声がしたが、聞こえない振りをした。

「さあニコ、入るの。足を一歩、前へ出せば、それで終わりなのよ」

なおも回転を続けようとする彼の両手首を、私は思い切り握り締め、引っ張った。

「いけませんってば。無理矢理だなんて。順番が大切なんですから。花びらの次が萼《がく》で、次が蔓で、それから葉っぱ。赤、金、赤、金の順番で糸がいるの。その順番は誰にも変えられないんです……」

「簡単。幼稚園児にだってできるの」

伯母さんの声を打ち消すように、私は叫んだ。

「考えちゃ駄目。頭を空っぽにして」

見えない攻撃から身を守ろうとするように、ニコは首をすくめ、背中を丸めた。手首は汗で濡れているのに冷たかった。その手首を離さず、私は彼に体当たりした。敷居まであとほんの数十センチだった。

なのに両足は大地に深く打ち込まれた楔のように、動かなかった。ニコは怒声とも泣き声ともつかないうめきを、喉の奥から絞り出した。一瞬、インパラが吼えたのかと、私はロビーを振り返った。

「なんて可哀相な……」

伯母さんが駆け寄り、私を払い除け、ニコの首に抱きついて頭を撫でた。

「いいのよ。あなたは悪くないんです。そう、順番は大切なの。とても大切なの」

ニコはまだ、うめき続けていた。

抱き合ったまま、二人はステップを下り、車に乗り込んだ。おやすみの言葉も、さよならの合図もなく、聞き慣れたエンジン音だけを残して車は走り去っていった。取り残された私の掌で、金色の糸は余計にひどくもつれ合っていた。


その夜私は、何重もの要塞を崩さないよう注意してすり抜け、伯母さんのベッドへ潜り込んだ。ベッドの上の侵食は更に進み、スプリングが軋むたび大公だか公妃だかの写真が倒れ、その他〝思い出の品々〟があれこれ滑り落ちていった。シーツには伯母さんの匂いが染みついていた。

どの剥製たちも、瞳に月の光を受け、真っすぐな視線を向けていた。ニコの車が帰ってくる気配を聞き逃さないよう、私は身体を小さくし、じっと耳を澄ませた。闇の中でも湖はよく見えた。ボートは岸に打ち上げられ、とうに魚たちは眠りについたはずなのに、何かをつぶやくように湖面はさざめいた。

いつの間にか私は眠っていた。気が付くともう朝だった。結局一晩中、ニコと伯母さんは戻ってこなかった。


ようやく車が戻ってきたのは、朝靄《あさもや》が消え、容赦のない夏の日差しが照りつけはじめた時分だった。伯母さんはニコにエスコートしてもらい、もったいぶった様子で助手席から降りると、ネグリジェの裾を揺らしながら玄関のステップを上ってきた。

「ニコに特別美味しい朝ご飯をご馳走して差し上げなさい」

そして私を見やり、まるでアナスタシア皇女が召使に命令するように言った。

「はい」

素直に私は答えた。

「そうだ、テラスがいいわ。パラソルの陰なら、家の中より涼しいから。支度ができるまで、テラスで待っててね。とにかく氷のたっぷり入った、冷たいオレンジジュースを持って行くわ」

私はニコが玄関の扉をくぐらなくて済むよう、とっさに浮かんだ思いつきをどぎまぎと喋った。ニコは黙ってうなずき、庭伝いにテラスの方へ向かった。

ポーチの隅には、セイウチのマットが昨夜のまま丸まっていた。私はそれをきれいに伸ばし、扉の正面に敷き直した。

私たちは三人一緒に、オムレツとフルーツサラダとヨーグルトの朝ご飯を食べた。

「さあ、いただきましょう」

と、伯母さんが言ったきり、三人ともずっと黙っていた。

まず最初にニコに謝るべきだと分かってはいたが、きっかけを探しているうち、どんどん沈黙に飲み込まれ、適切な言葉を見失ってしまった。時折、食器のぶつかる音と、伯母さんの入歯がカチカチ鳴る音が聞こえるだけで、あとは木立から響いてくる蟬の鳴き声が、何層にも重なり合って私たちを閉じ込めていた。

テラスのベンチは朽ちかけ、あちこち虫が食っていた。パラソルは雨で変色し、ほつれた縁飾りが、伯母さんの背中のあたりにだらしなく垂れ下がっていた。たちまちグラスの氷は溶け、フルーツサラダは生温かくなった。

ニコがバターを取ろうとして、私の手にぶつかった。

「失礼」

礼儀正しく、ニコは言った。その時になってようやく私は、昨夜二人でもみ合っているうちにできたらしい手首の痣が、シクシクと痛むのに気付いた。

「こちらこそ、ごめんなさい」

私はバターケースをニコのそばに寄せた。伯母さんは背中を丸め、唇を突き出し、柔らかすぎるオムレツをこぼさないよう口に運ぶのに専念していた。


その夜、寝室で伯母さんにマニキュアを塗ってあげた。

「明日のお客さまは誰だったかしら」

「亡命ロシア人協会、東部地区代表理事ですよ」

「よく覚えているのね」

「ええ、もちろんです。オハラがちゃんと取り仕切って、念押ししてくれますからね。年配のロシア人男性なら……うん、この色がいいわ。これを塗ってちょうだい」

伯母さんが選んだのは、思わずなめてみたくなるくらい鮮やかなカナリア色だった。

ベッドのスペースは限られているので、向かいあって座った私たちは、恋人同士のように身体を近づけなければならなかった。伯母さんの手はいつもひんやりとして気持がよかった。インパラの骨を思い起こさせる冷たさだった。

「昨日の夜は、どこでどうしていたの？」

爪だけに視線を向けていたせいで、聞きたくても聞けないでいた質問が、すんなり口をついて出た。

「湖のそばに車を停めて、ずっとそこにいたんです」

あっさりと伯母さんは答えた。彼女にとってはもはや、マニキュアがきれいに塗れるかどうかの方が、重要な問題のようだった。

「一晩中、ずっと？」

「ええ、もちろんです。だってニコはもう、どんな種類の扉だって通り抜けられないほどに衰弱していたんですから」

「そうね……」

「あっ、そこのところ、さかむけしているから、痛くしないでね」

「ええ、分かってるわ」

「ニコは私に抱きついて長い間すすり泣いていて、私は彼の頭を撫でながら、湖を見ていたの。あたりは真っ暗闇なのに、お月さまがなぜか湖だけを照らしていたのよ。湖底に月が沈んでいるのかと思ったくらい」

「ニコは何か言ってたかしら」

「いいえ」

左手の親指から小指へ、右手の小指から親指へと、私はカナリア色の刷毛を滑らせていった。伯母さんは両手を私に預け、クッションにもたれ掛かり、気持よさそうに半分目を閉じていた。

「ニコの髪の毛は、柔らかいわ」

伯母さんが指先を動かしたので、マニキュアがはみ出した。私はそれを綿棒で拭き取った。

「ええ、よく知ってるわ」

私は答えた。

「彼の肩に腕を回していると、ニコの身体が縮んで、反対に自分がどっしり頑強になったみたいに感じるんです。狭い助手席に一晩中押し込められていたって平気。どこも痛くないし、苦しくもない」

「ニコは泣き止んだ?」

「ええ。好きなだけ泣いたら満足して、濡れた顔を袖で拭って、それからラジオをつけてくれました。何か音楽が流れてきたけれど、きっと夜遅かったせいね。感度が悪くて、ピアノだかバイオリンだかの区別もつかなかった。とにかく、音楽だということ以外分からない何かを聴いたの」

「昼間聴いても同じ。アンテナが壊れているせいよ」

「おんぼろな車ですものね。助手席のシートは裂けてたわ」

「あれは私が、指輪に引っ掛けて破いちゃったの」

「で、ラジオをつけたまま、シートを倒して、眠ることにしたんです。トランクにあった毛布を掛けてね」

「タータンチェックの、けば立ってチクチクする毛布？」

「そう。ニコは言ったわ。眠りに落ちるまで、お話を聞かせてほしいって」

「それで？」

「もちろん、お安いご用よ、と答えました。だって、ニコのためだったら、お話くらい百でも二百でもしてあげられる。そうでしょ」

私はうなずき、瓶の口で刷毛をならし、次の爪に取り掛かった。

「アレクサンドル宮殿にいた、奇妙な人たちのことを話したわ。自分の髪の毛を抜いて、毛根を食べちゃう人、並木の一本一本の根元を、ぐるぐる回りながら散歩する人、新聞紙であれ鼻紙であれ、落ちている紙を拾わないではいられない人……。そのうちニコが眠ったので、私も目を閉じたのです……」

私は最後の爪を仕上げた。マニキュアの瓶の蓋を締め、〝思い出の品々〟の適当なすき間に置いた。

「さあ、完成よ」

伯母さんはいつしか、うつらうつらしていた。私は伯母さんを起こさないよう、そっと指に息を吹き掛けた。

8

テレビの収録が二週間後と決まった。番組名は〝蘇るロマノフ王朝伝説――猛獣館の貴婦人は本物のアナスタシアか――〟だった。

オハラの説明によれば、撮影は猛獣館の応接間で行ない、司会者の他に歴史学者と筆跡鑑定家と人類学博士が立ち合って、伯母さんがアナスタシアかどうか検証してゆくらしい。

「人類学の先生は、何をするんでしょうか」

まず、ニコが尋ねた。

「ごもっともなご質問です」

余裕たっぷりにオハラは応じた。

「現存するアナスタシア皇女の写真を解析した結果得られた頭蓋骨の形状と、奥さまの頭蓋骨を比較するわけです」

「でも、伯母さまは絶対に写真を撮らせないわ」

私は言った。

「ご心配には及びません」

オハラはひるまなかった。

「スナップ写真がお嫌でも、レントゲン写真ならお受けして下さるでしょう。ね、奥さま、いかがです？」

甘えるようにオハラは小首をかしげた。

「その、レン何とかとは、どういう具合に撮影するものなんでしょう」

本当に伯母さんはレントゲンを知らない様子だった。

「エックス線を照射しまして、身体の内側を写すものでありますから、普通の写真とは全く異なります。医療行為なのです。大事なのは外側でなく、内側なのです。痛くも痒くもありません。あっという間に終わります。早速ですが、明日の午前十時、大学病院の放射線科を予約しております。もちろん博士が立ち会いますし、万事うまくゆくでしょう。収録当日は、頭蓋骨の解析結果を発表すると同時に、博士が直接頭を触って、骨の具合を診ます。ですから奥さま、当日はお帽子はお召しにならない方がよろしいかと思います」

伯母さんはうなずいた。これでもう文句はないでしょう、というように、オハラは私とニコを交互に見やった。

「もし、頭蓋骨の形が全然違っていたらどうするの」

「よろしいですか、お嬢さん……」

オハラはこちらに向き直り、ずれたベルトを引っ張り上げながら続けた。

「科学的な数字に意味をもたらすのは、必ずしも真実だけとは限りません。感嘆の声、拍手、照明、音楽、あらゆる要素が関係してくるのです。テレビは言ってみれば、ショーみたいなものなんです。そう、手品と同じです。奥さまが大好きな手品です。ややこしく考える必要はありません」

ニコは膝の上で組んだ自分の指を見つめていた。伯母さんはソファーの肘掛を撫でていた。オハラはスケジュール帳を閉じ、他に質問がないかどうか、皆の顔を見渡した。

「……じゃあ、応接間の剥製を、少し片付けておかないと……」

誰に向かってというのでもなく、私はつぶやいた。

「それはなりません」

すぐさまオハラは首を横に振った。

「だって、テレビの撮影となったら、照明やカメラのスペースが……」

「いいえ、いいんです。ここが猛獣館であることは、何ものにも代えがたい事実なのです。たとえ一頭でも動かしてしまったら、意味がありません。奥さまは、猛獣館のアナスタシアなのです」

自分はこっそり剥製を盗み出しているくせに、と思いながらも、私は黙って引き下がった。片付けなくてもいいのなら、むしろその方が楽でよかった。

「明日の病院には、何を着て行ったらいいのかしら」

伯母さんは剥製の問題にはこだわっていなかった。

「ああ、そんなことはご心配にならなくても結構なんですよ」

オハラは伯母さんの前にひざまずき、カナリア色の指先を握った。

「病院だからといって地味にする必要などないんです。奥さまは何でもよくお似合いになるのですから、どうぞ、お好きなお召物でいらして下さい。レントゲン写真には外側は写りません。写るのは骨だけです」

テレビ出演が本決まりになると、急に慌しくなった。ニコと話し合い、伯母さんを最低限でもアナスタシアらしく見せるためには、事前の準備が必要だという結論に達したからだ。

確かに伯母さんはロマノフ王朝についてよく知っていたが、断固として定着した知識とは言い難く、これまでに受けた数々のインタビューや面談の中でも、返答が矛盾したりあいまいになったりすることが少なからずあった。その場限りでは誤魔化せても、学者三人を前にして、しかもテレビに映されるとなると、どれほど混乱するか分からなかった。今さら頭蓋骨の形は変えられないのだから、せめて知識だけは、きちんと体系化しておくべきだと思われた。

ニコと私は寝室の要塞に足を踏み入れ、ロマノフ家に関する書物を引っ張り出し、手分けして家系図と年表をこしらえた。もっともそれは伯母さんのためというより、自分たちの頭の中を整理するのが目的だった。そうして初めて、自分たちがアナスタシアについてほとんど何も知らなかったことに気付かされた。

更に収録当日に予想される質問を考えつく限り挙げ、答えを書物から導き出し、それらを例えば〝皇帝・皇后〟、〝姉弟〟、〝親類縁者〟、〝生活一般〟、〝政治〟、〝趣味・学問〟等々の項目に分類した。

夜、ニコと頭を突き合わせ、ダイニングテーブルに資料を広げて付箋をつけたり、アンダーラインを引いたりしていると、知らないうちにどんどん時間が過ぎていった。ニコはすばらしいスピードで文献を読破し、的確な予想質問を次から次へと書き出すことができた。伯母さんの収集した本は、積み上げるとダイニングテーブルより高くなるほどだったが、ニコがついていてくれる限り恐れる必要はなかった。

時折、本の中に伯母さんの書き込みを見つけることがあった。

「ほら、これ」

私とニコは、互いにそのページを見せ合った。

「何て書いてあるのかしら」

それらはどれもロシア語だったので、判読はできなかった。

「さあ……」

なのに私たちは、そこにどんな意味が隠されているのか、じっと立ち止まって考えなくてはいられなかった。ユーリ伯母さんの筆跡は弱々しく、今にも消え入りそうで、寂しげだった。

私たちは分類し終わった質問と解答を、単語カードに記入していった。大学受験の時使っていたリング式のカードを、ニコが持ってきたのだった。

夏休み前、レポートに追われていた時と同じように、作業に疲れると動物図鑑を持ち、館の剝製たちを探険して回った。さすがにオハラも、インパラ事件以降、コレクションには手を出していないようだった。剝製たちはどれも、伯父さんがそこへ飾った時のままの姿で、暑い夜が過ぎるのをおとなしく待っていた。

探険にも飽きると、とうに眠っている伯母さんを起こさないよう小さなボリュームでレコードを掛け、ニコと一緒に踊った。伯父さんが集めたレコードは、シマウマの革でカバーされたステレオ棚に長い間仕舞われたままでいたために、心持ちしっとりと湿り、動物のにおいがしみ込んでいた。ターンテーブルに載せると、怯えるように針が震え、ようやくくぐもった音が流れだした。

私たちは二人とも、ダンスなど習ったことがなかったから、ただ身体を寄せ合って、ダイニングから居間、玄関ホールと、回転したりスキップしたりしながら自由自在に動き回った。もっとも、床に転がる毛皮や剝製をうまく避けるには、かなり高度な技術を要した。私はトドの牙と、トナカイの蹄と、ワニの尻尾につまずいてよろけそうになったが、ニコがちゃんと支えてくれた。三曲か四曲踊って身体がほぐれると、針を止め、レコードをシマウマの棚に返して、再びカードの作成に戻った。

テレビの出演が原因であれほどの喧嘩を巻き起こしておきながら、今や私はニコと一緒のこの作業に喜びさえ見出していた。伯母さんが寝室に作り上げた混沌とした要塞の中から、ロマノフ王朝の輪郭を少しずつあらわにしてゆく過程は、興味深くまたスリリングでもあった。刺繡されたAの文字を眺めていた頃にはあやふやだったアナスタシアのイメージは、自分たちが手間を掛ければ掛けるだけ充実していった。また何より、きっかけや目的とは無関係に、ニコと二人で一つの問題に没頭できることがうれしかった。

質問カードが完成する頃には、私の中で、ロマノフ王朝最後の皇女アナスタシアの姿は、生き生きと作り上げられていた。豊かな髪のウエーブや、ふっくらとした頰の形を思い浮かべるだけでなく、ドレスの衣擦れの音さえよみがえらせることができた。手を伸ばせば、王冠のきらめきにも、利発げに固く閉じられた唇にも、リボンの結び目にも触れることができそうだった。

そして、瞳の色は間違いなくブルーだった。ユーリ伯母さんが持っているのと同じ、あのブルーだった。

カードができたからといって安心するわけにはいかなかった。それを使って伯母さんの記憶を鍛えることこそが、私とニコの本来の目的だった。

意外にも伯母さんは私たちの勉強会を素直に受け入れた。アナスタシア本人がどうしてアナスタシアについて勉強などしなければならないのか、と主張されるのを心配していたが、大丈夫だった。たぶんニコが、

「僕が一生懸命作ったこのカードを、是非使ってみていただきたいんです」

と、礼儀正しく説得したからだろう。

テレビ出演が決まってからも、相変わらず面会希望者は日に二人、三人と訪ねてきたので、まとまった時間はあまり取れなかった。そのうえ、当日着るドレスの仮縫いやら、美容院での毛染めやら、雑用も多かった。

一番じっくり勉強できるのは、刺繍タイムだった。伯母さんはソファーのクッションにもたれ掛かり、いつものごとく毛皮を膝に広げ、針を動かしている。その両脇に私とニコが座り、カードをめくりながら、交互に質問を繰り出してゆくのである。

「さあ、準備はいい？」

伯母さんはうつむいたまま、返事の代わりに鼻から息を漏らす。

「じゃあ、第一問。アナスタシアの名付親は？」

毛を逆立てたり、糸をなめたり、入歯を鳴らしたりして伯母さんはなかなか答えようとしない。正解が分からないのだろうか、それとも質問が聞こえなかったのだろうかと、こちらがやきもきする頃になって、ようやく口を開く。

「オリガ叔母さん」

考えに考え、記憶を絞り出しているようでもあるし、分かり切ったことを答えるのが面倒でならない、というふうでもある。

「ご名答」

「では、次にいきますよ」

今度はニコがカードを読み上げる。

「英語の家庭教師の名前は何でしょう」

「ピエール・ジリアールよ」

初めて気付いたことだけれど、ニコは人に問題を出すのがとてもうまい。偉ぶらず、あくまで謙虚な口調を保ち、ひたむきな視線を向けて、相手を「ああ、この人のために、どうしても答えを出してあげなくては」という気持にさせる。だからだろうか、伯母さんは私の時と違い、すぐさま答える。

「惜しい。それはフランス語教師です。英語担当は、チャールズ・ギッブスです。よろしいですか？」

素直に伯母さんはうなずく。

「じゃあ、英語練習帳の表紙の色は？」

「……」

私はリングを爪で弾く。

「水色」

「はい、正解」

「次、よろしいですか。アレクサンドラ皇后が常に耳たぶから離さなかった宝石は、何でしょうか」

「ダイヤだったかしら……」

「いやね。どのブロマイドにもちゃんと写っているわよ」

思わず私は口をはさんでしまう。けれど伯母さんは肩をすくめるだけで、一向に反省の様子など見せない。

「残念。真珠のイヤリングです」

ニコが正解を告げる。なぜか伯母さんはニコの出す問題の方をよく間違えた。わざとそうしているのではないかという気さえした。問題を出す時同様、間違いを正す時のニコがまた、優しかったからだ。

「宮廷医エフゲニー・ボトキンの子供で、遊び友達だった兄妹の名前は。そして、彼らとよくした遊びは何？」

「一度に二つも質問するなんて、反則じゃないの……」

伯母さんは金色の糸を針に通そうとして、苦心していた。老眼鏡はずれ落ち、うなじに汗が伝っていった。

「ちょっと、手伝ってくれないかしら」

とうとう、伯母さんは降参する。私が糸を通してあげると、うれしげに指をこすり合わせ、Aの頂点に針を突き刺す。

「グレプ・ボトキンとタチアナ・ボトキン。よく一緒に絵を描いて遊んだものです。グレプの絵は独創的よ。動物に人間の服を着せた絵なんです。カバが乗馬服を着ていたり、針ネズミが給仕の格好をしていたり。それに私が文章をつけてあげて、完成です」

一つ刺繍が仕上がる間に、カードが十五枚から二十枚めくられる。伯母さんが次の毛皮を見つけてくるまでの間、私とニコは彼女の成績について感想を述べ合う。込み入った問題をやすやすパスするかと思えば、簡単なカードで呆気なくつまずく。得意、不得意の分野はなく、前日正解したからといって、次の日も同じ問題で正解するとは限らない。ただ一つはっきりしているのは、決して「分からない」とは言わないことだ。たとえ見当はずれであろうが、何かしらの解答を出す。

『剝製マニア』愛読者の集いで披露した手品よりは、うまくゆくだろうという気もしたし、取り返しのつかない綻びを指摘されて、簡単に化けの皮がはがれそうな予感もした。正直なところ、ニコも私も、自分たちの努力がどれくらいの成果を生むのか、予測できなかった。しかしいくら不正解が続こうとも、伯母さんは気に留めていなかった。

次なるターゲットを定めると、伯母さんは型紙を当て、長すぎる毛足を刈り込み、チャコペンシルで図案を写す。

「用意はよろしいでしょうか」

上体をかがめ、耳元でささやくようにニコが言う。いつの間にか外は日が暮れている。昼間、面会者に出したお茶のカップとケーキ皿が、流しにまだ積み上げたままになっている。あれほどにぎやかに伯母さんを取り囲んでいたオハラも、お客さんたちも、もういない。湖に映る月は、今にも溶けて流れ出しそうに揺らめいている。

「帝室専用ヨットの名前は？」

「シュタンダルト」

「ペテルブルク歌劇場の、皇帝専用ボックスに張られたベルベットの色は？」

「えっと……、そう、ゴブランブルー」

「皇后の持病は？」

「坐骨神経痛」

「イパチェフ邸でアレクセイ皇太子が練習していた楽器」

「バラライカね」

「アナスタシアの養育係だった、女性の名前は？」

「アンナ」

「駄目よ。こんな大切な問題を間違えるようでは。シューラ。いい、忘れちゃ嫌。シューラよ」

「革命勃発後に用いられた暗号で、宝石を意味するものは？」

「うん、これは簡単。薬、です」

「姉妹四人が宮殿の菜園で育てた野菜は？」

「キャベツ」

「ツァールスコエ・セローからトボルスクへ移送される時同行した、皇后の女官は誰？」

「ゾフィー・ブクスへーヴェデン男爵夫人。愛称はイサ。彼女は裏切り者よ。トボルスクから更にエカテリンブルクまで一緒に行くはずだったのに、イサだけが急に解放されたんです。エカテリンブルクへ着く途中で、私たちは救出されるはずでした。秘密裏に救出作戦が進められていたはずなのに、なぜか解放者は現われませんでした。イサが密告したからに違いありません。彼女の態度は怪しかったんです。だって

……」

「ええ、その話はまたあとでゆっくり聞かせてもらうわ。それより今は、一つでも多く練習問題をこなすことの方が大事なの」

「まあ、厳しいのね。おちおちお喋りもさせてもらえないなんて」

「三女マリアの好物」

「砂糖漬けオレンジ」

「長女オリガが愛用した香水」

「キャラ」

「歩行困難なアレクセイ皇太子の世話役だった水兵」

「ナゴルニー」

「アナスタシア十一歳の誕生日に、エルンスト・ルートヴィヒ大公から贈られたプレゼント」

「自転車」

赤と金の糸は毛皮をすり抜けてゆく。伯母さんの指先はささくれ、血がにじんでいる。月は相変わらず湖の同じ場所を照らし続けている。私たちを邪魔するものは、何もない。ニコはほつれて頰に掛かる伯母さんの髪の毛に手をのばし、撫で付けてからまた一枚、カードをめくる。三人の夜は更け、質問は続いてゆく。

収録の日がやってきた。朝早くからテレビ局の人間たちが無遠慮に歩き回り、家具を移動させたり撮影機材を運び入れたりして、大騒動だった。館がこれほど賑わうのを見るのは、伯母さんの結婚式以来だった。

居場所のない私たち三人は、伯母さんの寝室に集まり、要塞を形作っている品々を手に取り、眺めるともなく眺めていた。思いの外、伯母さんは平常心を保っていた。

というより、テレビの撮影がどんなものなのか、自分に何が求められているのか、さっぱり理解していない感じだった。くつろいでベッドに寝そべり、愛読書である『ロマノフ朝最後の皇帝一家・その記録アルバム』を開いていた。

最も張り切っていたのはオハラだった。自分が出演するわけでもないのに、初めて見る上等の背広を着込み、いつもはだらしなくゆるんでいるネクタイもきちんと締め、胸ポケットからはハンカチーフさえのぞかせていた。事あるごとに、館の総責任者は自分だ、という尊大な態度を示し、どんなささいな問題にも、いちいち口出ししないと気が済まなかった。

特に彼が神経質になったのは、やはりコレクションに関してだった。スタッフが不用意に毛皮を踏んだり、機械を剝製にぶつけたりすると、容赦なく抗議の声を上げた。

「気をつけなさい！　よろしいか。ここの動物たちがどれほどすばらしいものであるか、肝に銘じてもらわなくては困ります。ただの置物だ、などと思わないで下さい。そこにいるエルクもコヨーテもジャガーも、生きているものとして接しなさい。そんな乱暴な振る舞いをしていては、今頃皆さん、ジャガーに食い殺されていますよ！」

二階にいても、オハラの声だけはよく聞こえた。

打ち合わせは、大まかな進行手順の説明があっただけで簡単に済んだ。本物のアナスタシアであるかどうか検証するにおいて大切なのは、伯母さんが下手に取り繕ったりせず、平素の自分を表現することだ、というのがディレクターの考えだった。

「どうぞ、肩の力を抜いて、お楽になさっていて下さい」

と、彼は言った。

「見知らぬ人々に身を晒すのには、慣れております。ご心配には及びません」

伯母さんは背筋を伸ばし、香水を振りかけた扇子で口元を隠した。

その日のために誂えたドレスは萌黄色のシルクで、ハイウエストの切り替えにたっぷりギャザーが取ってあり、腰からくるぶしまで柔らかいラインが続いていた。アクセサリーは真珠のネックレスとプラチナの結婚指輪だけでまとめ、髪の毛は思ったより赤っぽく染まって予想外だったが、それでも上品にシニヨンに結ってあった。マニキュアはカナリア色を落とし、ベージュに塗り替えていた。伯母さんのブルーの瞳をより際立たせるには、その色が一番だったからだ。

9

応接間は狂騒的な様相を呈していた。カーテンは閉じられ、明るすぎるライトが隅々を照らし出し、舞い上がる埃が渦を巻いていた。壁には〝蘇るロマノフ王朝伝説――猛獣館の貴婦人は本物のアナスタシアか――〟と書かれた看板が、誇らしげに掛けてあった。

部屋を埋め尽くすコレクションのすき間に、カメラや照明やマイクが無理矢理に押し込まれ、床の毛皮の上には、太いコードが何重もの輪になって絡まっていた。それだけで十分窮屈な上に、どうしてこんなに大勢の人手が必要なのかと思うほどの人間がひしめき合っていた。蒸し暑さのためか猛獣たちはいつもにも増して濃い体臭を撒き散らし、息が詰まるほどだった。あのジャガーでさえ、居心地が悪くて身をすくめているように見えた。

ソファーには、既に司会者、アシスタント、歴史学者、筆跡鑑定家、人類学博士たちがスタンバイしていた。彼らが真剣なのか不機嫌なのか、私には見分けがつかなかった。彼らに取り囲まれるようにして、伯母さんが座っていた。さすがに緊張してきたのか、真珠のネックレスをしきりと触っていた。私とニコとオハラは中まで入れず、三人並んで戸口の陰に立っていた。オハラの落ち着きのない息遣いが、すぐ耳元で聞こえた。

時折伯母さんは私たちを振り返った。ニコが片手で小さく合図を返した。ついさっき念入りに施したばかりのメイクが、汗でもう崩れようとしていたが、お化粧直しをする暇はなかった。収録スタートの合図が、高らかに宣言されるところだった。

後年、ニコと私はしばしば、テレビ収録の日の出来事について思い出を語り合ったが、番組内容の馬鹿馬鹿しさにもかかわらず、なぜか愉快な気分になるのだった。自分たちも質問カードを作成し、伯母さんに試験勉強させ、その馬鹿馬鹿しさに加担していたのも忘れて。

私たちはどちらからともなく録画テープを巻き戻し、再生のスイッチを入れる。伯母さんに施された数々の検証、実験を一つ一つ話題に上げ、それらがいかに滑稽であったか思い起こしては、声を出して笑う。人類学博士の貧乏ゆすり、司会者の作り声、時代遅れのバックグラウンドミュージック、相変わらずのオハラの出しゃばり……。

いくらでも思い出はわき上がってくる。そして伯母さんが、そんな滑稽さなどものともしない立派さで、あらゆる局面を乗り切ったことに（恐らく質問カードでの勉強などしてもしなくても同じだったろう）、改めて敬意を表し、最後にはしんみりとした気分になって、二人とも涙ぐんでしまう。

Aの刺繍も、手品もプールの立ち泳ぎも、伯母さんに関わりのある何もかもが、磁石に吸い寄せられる砂鉄のように、テレビ出演の記憶へと集約されてゆくのはなぜだろう。胸に浮かぶ彼女は必ず、萌黄色のドレスを着て、ベージュのマニキュアをしている。収録の日が、伯母さんが晴れやかな表情を見せた、最後の時になったからだろうか。

私たちにとってあれは、一冊のアルバムのようなものだ。図らずも伯母さんの晩年と関わり合うことになった私とニコが、一日一日の記録を凝縮し、テレビカメラのフィルムに焼き付けたのだ。再生ボタンさえ押せば、隈無く彼女の姿を蘇らせることができる。

ビデオに見入っていると、ふと傍らに、死んだ伯父さんと父がいるように感じる瞬間がある。伯父さんの頭にはもう北極グマの牙は突き刺さっていない。父の身体も法律書に埋まってはいない。二人は生前見せたことのなかった親しさを通わせながら、貴婦人の振る舞いに微笑みを送っている。

神妙にしているようで、どこかふてぶてしくもある伯母さん。相手をじっと見つめたまま何度も瞬きし、青い瞳を濡らす伯母さん。背中を丸め、自分の震える指先を見つめている伯母さん……。

番組はまず、ロマノフ王朝の歴史とロシア革命、アナスタシアを巡る伝説についてのVTRが流れたあと、歴史学者の伯母さんへのインタビューからはじまった。それはかつて数々受けてきた面談をコンパクトにしただけで、何の工夫も見られないものだった。リング式質問カードの方が、まだましなくらいだった。

当然、驚くべき新発見など出てくるはずもなく、伯母さんはいつもの調子でやすやすとかわしていった。カードに記入したのと同じ質問がなされ、伯母さんがそれに正解するたび、ニコと私はつないだ手に力を込めて互いの努力を讃え合った。

司会者は大げさな男で、ごく簡単な質問、例えば一八九八年の復活祭に皇后にプレゼントされたイースターエッグのモチーフは？　などという問い掛けに答えられたかと言っては、いちいち驚嘆の声を上げた。

「おお、お見事であります。何と正確な記憶でありましょうか」

「このご婦人の前では、世界中に存在する自称アナスタシアたちなど、愚かなまやかしに過ぎません」

「ああ皆さんは今、世紀の謎が解き明かされる現場を、目撃なさっているのですよ！」

男のわざとらしさにはうんざりだったが、伯母さんの気分を高揚させる効果はあった。見る見るこめかみの血管が浮き出し、頬はピンクに染まり、瞳はよく動くようになった。うっすらにじんでいた汗は、いつしか鼻の頭で玉になり、ライトを浴びてテカテカと光っていた。

「でも、今までご自分の身分を隠していらしたのは、何故なんでしょうか」

話の流れなどお構いなく、台本に書いてあるとおりのタイミングで、アシスタントの女は口をはさんできた。

「ことさらに、隠していたわけではありませんの」

どんな見当違いの質問にも、伯母さんは威厳ある態度を崩さなかった。

「自分の出自を背中に書いて歩いている人間など、一人もおりませんわ。それに、自分が何者であるかを、一口で説明するのは、誰にとっても困難なことじゃありませんかしら。ロマノフ家の人間であろうと、そうでなかろうと」

答えを一般論にすり替えるのは、伯母さんの得意のパターンだった。

「ただ一つ忘れてならないのは、遺産相続の問題があったことです。スイスの銀行に隠されたロマノフ家の財産を巡って、革命を生き延びた一族の末裔たちは、醜い裁判を続けております。そんな争いに巻き込まれるのはご免です。私はただ、主人の形見に囲まれて、静かに暮らしたいだけの未亡人です」

そしてなおかつ、ロマノフ家の専門知識をちりばめ、答えに真実味を持たせることも、もちろん忘れなかった。

「ほお、なるほど。なるほど」

司会者は声が裏返る。その勢いにつられ、歴史学者と筆跡鑑定家と人類学博士も、繰り返しうなずく。アシスタントは台本をめくる。伯母さんはドレスの襟をつまみ、扇子で胸元に風を送る。

インタビューに比べれば、筆跡鑑定は新鮮味がある分、まだ我慢できた。その段階ではもはや、私もニコも、筆跡が違っていたらどうなるのだろう、などという心配は忘れていた。

用意されたテキストはドストエフスキーの短篇集だった。

「では、ここのところ、冒頭から五行目までを、お願いできますでしょうか」

鑑定家は本の中程のページを開き、指し示した。

後で調べて分かったことだが、それは『おかしな人間の夢』という題名の小説だった。ドストエフスキーならば『罪と罰』でも『カラマーゾフの兄弟』でもいいと思うのに、なぜその短篇が選ばれたのか不思議だった。おそらく筆跡を調べるのに好都合な文字が、多く含まれていただけの話だろうけれど、あの場面にこれほどふさわしい題名のテキストは、他にはなかったであろう。

しかし伯母さんは余計な詮索はせず、素直に指示に従った。マジックペン、鉛筆、万年筆、無地のタイプ用紙、厚紙、罫線入りの大学ノート等など、筆記用具をいろいろに取り替えながら、『おかしな人間の夢』を書き写していった。

「どうぞ、ご無理なさらずに、休み休みでよろしいんですよ」

と、司会者が途中で気遣うくらいの集中ぶりだった。

しばらく応接間には沈黙が漂った。静かになると余計、明るすぎるライトが目にこたえた。部屋にいる全員の視線が伯母さんに集まっていた。ニコは爪を噛み、オハラは額をかきむしった。ドレスの衣擦れの音だけが聞こえていた。

ロシア語が読めなくても、伯母さんの筆跡がエレガントさと程遠いのは、一目瞭然だった。サイン〝A〟のたどたどしさがそのまま現われていた。

伯母さんは袖口をたくし上げ、唇をすぼめ、一字の間違いもあってはならないのだという気迫を、背中にみなぎらせていた。しかしその熱心さとは裏腹に、ペンを握る手は弱々しく、記される文字はどれも震えていた。

どうにかすべてが完了した時、誰からともなくため息が漏れた。歴史学者と人類学博士は揃ってハンカチで汗を拭った。元に戻されたドレスの袖は、皺だらけになっていた。

「お疲れさまでございました」

と言って、鑑定家はドストエフスキーを閉じた。

鑑定はアナスタシア皇女の残した手紙と、伯母さんが書いたものを投影機に映して行なわれた。

「歳を取って肉体が衰えれば、当然筆跡には変化が生じてきます。我々はまず、その点を頭に入れておかなければなりません。また、こちらのご婦人は堪え難い運命にもてあそばれたのち、長くロシアを離れておいでです。そうした条件も忘れるわけにはいかないでしょう。皇女の手紙を書き写していただかなかったのは、そこに理由があります。異なるテキストの方が、かえって類似点が浮き彫りになりやすいものなのです。いずれにしても、時間の経過によってもなお動かしがたい特徴を、見極めてゆく必要があるのです」

最初に鑑定家は言った。言い訳がましいのを誤魔化すように、無闇に指示棒を伸ばしたり縮めたりした。

正直なところ、皇女の手紙と伯母さんの『おかしな人間の夢』の間に、類似点があるとは思えなかった。手紙は古いためにインクがかすれ、所々虫に食われて判読するのも困難な状態だった。鑑定家が取ったのは、全体的な印象は無視し、できるだけ細部のみに皆の注意を向ける作戦だった。

丸みの角度、ハネの勢い、トメの筆圧、点の形、ピリオドの位置。ロシア文字は徹底的に分解された。バラバラになったそれらの欠片は、鉛筆で塗り分けられたニコのアルファベットを連想させた。視界が狭まると文字本来の意味が見えなくなり、自然と相違点はかすんで、二つの筆跡が似ているような錯覚を呼び起こした。

ただ困るのは、鑑定家が指示棒の先で微細な部分を指せば指すほど、説明がつまらなくなることだった。彼は専用の物差しをいくつも取り出しては、あらゆる部分を測定し、その数値を何かの公式に当てはめて更に新たな数値を導き出した。参考文献や対照資料を次々と広げ、投影機のピントを神経質にいじり、その間ひっきりなしに喋り続けた。

いつしか反応を示すのは司会者だけになっていた。彼は感嘆と驚きの声を適当にミックスさせつつ、律儀に相槌を打ち続けた。ようやく鑑定家が喋り終えた時には、ホワイトボードは意味不明の数字で埋まり、投影機の画面には種々の用紙が重なり合って、収拾がつかない状態だった。伯母さんはうつらうつら、居眠りをはじめていた。もう少しで、隣の歴史学者の肩に、もたれ掛かってしまいそうだった。

「で、二つの筆跡が同一のものである可能性は？」

司会者が尋ねた。

「以上の考察からしまして……」

鑑定家は投影機のスイッチを切った。

「同一である可能性は、八十五パーセントであります」

退屈していた人々が一斉に我にかえり、どよめいた。司会者は一段と声のトーンを上げ、アシスタントは作り笑いを浮かべた。

伯母さんだけが気持よさそうにまだ眠っていた。歴史学者が遠慮気味に肩先をつつき、目を覚まさせようと努めていた。

番組の中で一番リラックスし、楽しめたのは、人類学博士による頭蓋骨分析ではなかっただろうか。最も誤魔化しがきかないはずの科学的検証が、博士の巧みな話術により、一つのショーに仕立て上げられた。

「ようやく私の順番が回ってきたようです」

さあ張り切っていきましょう、というように、博士は手を打ち鳴らし、後片付けをする筆跡鑑定家を急かした。あれだけ苦心して書き連ねたホワイトボードの数字も、あっけなく消されてしまった。

「よろしいですか、皆さん」

カメラに向かって博士は言った。

「人間は例外なく、一人一人が唯一の存在です。他の誰とも異なる、自分自身です。そんな当然の事実を、私は証明しようとしているのです。何十億という人間を作り出しながら、神は一度として間違いをおかしませんでした。これが、三十年間の研究の結果、導き出された真理です。どんなに望もうとも、人は、別人にはなれないのです」

伯母さんはようやく目を開け、今自分が何をしているのか考えるように、テーブルの一点を見つめていた。

「失礼ながら、歴史も筆跡も、人間が作り出すものですから、ちょっとした手違い、勘違いが起こる場合も、ままあるでしょう。もちろん、二つの学問を侮辱しているわけではございません。誤解のないように……。ただ申し上げたいのは、私に課せられたのは、宇宙創造の摂理にのっとった検証である、ということであります」

学者と鑑定家は、どう反応すべきか困惑した様子でもじもじしていた。

「前置きはこれくらいで十分でしょう。早速、本題に入ります。まずは、一九〇一年六月十八日火曜日、ペテルホフの別荘にて誕生したロシア皇帝の末娘、アナスタシア皇女の頭蓋骨から、披露することといたしましょう」

博士は両手を広げ、そこに何百人もの観客がいるかのように、部屋中を見渡した。思わずオハラは拍手をし、ディレクターに静かにするよう注意された。

ソファーの下から博士が取り出したのは、現存する百枚近いアナスタシア皇女の写真から、骨格の形状を解析し、立体化した、頭蓋骨の模型だった。あまりにリアルな頭蓋骨に、アシスタントはのけぞった。くすんだ白い色と、ざらっとした質感は本物の骨そっくりだったし、歯も全部はえ揃っていた。博士はそれを、伯母さんの方に向けてテーブルに置いた。

「可能なかぎり多くの、成長期以降の写真を手に入れた結果、完全な頭蓋骨を再現するために必要な角度の、ほぼ七十五パーセントを割り出すことに成功いたしました。改めてこちらにいらっしゃる歴史の先生に、ご協力いただいたものであります。革命後、お礼を申し上げます。驚くことに、後頭部が映った写真さえあったのです。一時幽閉されていたトボルスクで、雪かきをする皇女たちを、見張りの兵士が隠し撮りしたものです。アナスタシア皇女だけが毛皮の帽子を被っていなかったので、なお幸運でした。しかしもっと役立ったのは、皇女の丸刈りの頭を映した写真の存在です。誰がロマノフ王朝のお姫さまの、坊主頭が拝めると、期待するでありましょうか」

自分が何をしている最中か、やっと伯母さんは思い出したようだった。身を乗り出し、頭蓋骨に見入っていた。今にもその眼窩に、手を伸ばしそうだった。確かに、ふと指を差し入れてみたい気にさせる窪みだった。もちろんそこに、青い瞳はなかった。

皇女四人全員が、頭をすっかり剃り上げ、一列に並んで映った写真が投影機に掛けられた。お揃いの粗末なブラウスに巻きスカート姿だったが、悲愴な気配はなく、むしろ皆が穏やかな表情を浮かべていた。

「一九一七年、革命の混乱のさなか、撮影されたと思われます」

話は続いた。

「三月二日、まず三女のマリアが麻疹にかかり、アレクセイ皇太子を含む子供たち全員に感染しました。帝政が倒れ、ニコライ二世が退位するのは三月十五日です。一家の急変する運命を暗示するかのように、子供たちは病に伏せっていったのです。髪の毛を剃ったのは、衛生的配慮のためだったのでしょう。ニコライ二世が残した日記にも、そのあたりの事情に言及した記述が見られます。それにしても彼女たちの、さわやかな笑顔。そして、髪の毛がなくても明らかな美しさ。どうです？　この後、一年半もしないうちに惨殺されるなどと、信じられますか？　恐らく彼女たち本人も、予想していなかったでしょう。写真を撮ったのも、不安に陥った両親を楽しませるためという、無邪気な理由からだったに違いありません。これほどの生命力にあふれた美しさが、抹殺されなければならなかったとは……全く……。もっとも我々は、この写真のおかげで正確なデータを得られたわけですから、麻疹に感謝しなければなりますまい……。おっと、失礼しました。話がそれてしまったようです」

博士は咳払いをし、伯母さんに向かって会釈した。

「ここにあるのは、アナスタシアそのものです。神が世界でたった一つお造りになった、頭です」

博士は両手で頭蓋骨を捧げ持ち、伯母さんに向かってウインクした。顎が動いて、コツンと歯が鳴った。

「いかがでいらっしゃいますか？　ご自分の頭蓋骨と対面なさるお気持は」

伯母さんは何も答えず、青い瞳をアナスタシアに向けたまま、ただ唾を飲み込んだだけだった。

もしも、レントゲン写真から再現した伯母さんの頭蓋骨が出てきたらどうしようと、私は心配になった。自分の骨を本人に見せつけるなんて、不愉快すぎると思った。

「ねえ……」

私はニコに耳打ちした。

「ちょっと、グロテスクすぎないかしら」

「北極グマの剝製と、たいして違わないさ」

ニコは答えた。

しかし伯母さんの場合は、模型ではなく、方眼紙に描き込まれた図形として登場したので安堵した。今度はアシスタントもひるまなかった。

図形は上顎骨、下顎骨、前頭骨、頭頂骨、後頭骨、側頭骨の六つのパートに分かれていた。分解されると頭蓋骨も、味気ない欠片の寄せ集めに過ぎなかった。

「解剖学上、同一性を証明するために重要なキーポイントが、頭蓋骨には二十九あります。アナスタシア皇女の資料が完璧ではないため、そのうち比較検討するにふさわしいポイントは二十二になりますが、全キーポイントの七割以上を満たしておりますので、問題はございません」

博士はアナスタシアを抱えたまま、狭い空間を歩き回った。司会者たちの視線も彼の動きを追って移動した。博士は二十二のポイント一つ一つについて、アナスタシアの頭に赤いシールを貼りつけながら、伯母さんの図形と一致する可能性を数字で示していった。

時に数字は九十九パーセントであり、時に三十八パーセントだった。話が単調にならないよう、博士はいろいろな工夫を凝らしていた。骨にまつわるちょっとした言い伝えや迷信を紹介したり、研究成果を巡る学者たちのいさかいを暴露したり、調査のために旅行した外国での体験を語ったりした。伯母さんは居眠りせず、真剣に耳を傾けていた。笑みをこぼす時には、忘れず扇子を口にあてがった。

パーセンテージが高いと、司会者は反応し、低いと黙っていた。けれど博士は、低いポイントに関しては必ず、その印象をフォローするための解説を付け加えた。例えば、

「このキーポイントは最も誤差が出やすいのです。古い写真を元にしなければならな

いような場合には、特に。光の加減や、距離の錯覚によって、誤差が何十倍にも増幅してしまうのです。そんな中、むしろ三十パーセント以上の一致率を出したことの方が、注目に値するでしょう」

あるいは、

「下顎骨のこのカーブ角度は、革命後アナスタシア皇女が受けた扱いが、どれほど苛酷であったかを証明していると思われます。すなわち、たった一年半の幽閉における、急激な食生活の変化とストレスが、顎の関節に狂いをもたらしたのでしょう。まだ若いアナスタシアの肉体は、厳しい環境をダイレクトに受け止めてしまったのです。したがって、このポイントのパーセンテージが低いのも、もっともな道理であります」

という具合だった。

少しずつ博士は自分の話にのめり込んでいった。コードにつまずきそうになっても、毛皮を踏んでも気にせず、時折アナスタシアの頭頂部を撫で付けながら演説した。

「いよいよ、残るキーポイントはわずかに一つです」

博士は右耳のつけ根あたりにシールを貼った。既にアナスタシアの頭蓋骨は、赤い水玉模様で彩ったようになっていた。

人々の期待を最高潮に高めるためか、博士は部屋を一周し、呼吸を整えた。途中、掌の汗をジャガーの背中になすりつけた。オハラの舌打ちが聞こえた。

「最後のキーポイントには、この人物を特定するにふさわしい、最も魅力的な特徴が隠されておりました。神がお残しになったささやかな秘密、とでも言えばよろしいでしょうか。右の耳介を支える側頭骨と下顎骨の接触面に、かつて目にしたことのない突起があります。例の麻疹の写真には、その突起が皮膚を隆起させている様が、微かですが映っています。皆さん、よろしいですか。カメラの方、ここのところ、よく映して下さい。そして左の側頭骨に目をやれば、同じ位置には何もなく、フラットな状態であるのがお分かりいただけるはずです」

カメラは頭蓋骨の側面をアップでとらえた。神様の秘密は、注意深く目を凝らさないと見えなかった。カリフラワーのようにごつごつとした、ほんの数ミリの隆起だった。

「何が原因で、こうなったんでしょうか」

アシスタントが質問した。その日彼女が口にした、唯一のまともな質問だった。

「外傷でないのは確かです。外からの圧力によってこのような変形が起きるとは、考えられません。三人の姉と皇太子、皇帝夫婦についても右耳を詳しく観察してみましたが、変形は見られませんから、遺伝とも違うでしょう。やはり、生まれついての奇形……アナスタシアがアナスタシアであるための印……ということになりましょうか」

博士は頭蓋骨をテーブルに戻し、両手をこすり合わせた。ニコもオハラも学者も鑑定家も、その場にいる人間は皆、次に何がなされるか理解していた。博士はソファーの後ろに回り、伯母さんの肩に手を載せ、恋人にささやくような口調で言った。

「どうかあなた様の耳を、調べさせて下さい。お願いします」

息が首筋に吹き掛かりそうだった。

「レントゲン写真を検証するなどという不粋な真似はしたくありません。実物が目の前にいらっしゃるのですから」

「どうぞ、ご自由に」

顎を引き、背筋を伸ばし、瞳を真っすぐカメラに向けて伯母さんは答えた。モニターは青い色を、神が与えた真の秘密と言っていいその青色を、くっきりと映し出していた。彼女がこれほど貴婦人らしい物腰を見せたことは、かつてなかった。

「では、失礼いたします」

博士は伯母さんの耳たぶを折り曲げ、側頭骨から下顎にかけてまさぐった。関係ないと思われる後頭部や首筋まで、しつこく触った。既に彼は、指圧師かまじない師にしか見えなかった。結い上げた髪の毛はすぐに乱れ、博士の指に絡まった。

伯母さんはされるがままになっていた。シニヨンは半ば崩れ、垂れ下がった髪が額を覆い、せっかくのお洒落が台無しだったが、そんなことは気に留めていなかった。むしろ、博士の指先からにじみ出る特殊な粘液に酔い、恍惚としているように見えた。

すべてを探り終えたのち、博士は叫んだ。

「ありました」

オハラは息を飲み、ディレクターは何かの指示を送り、照明係は一段とライトを強めた。私とニコは顔を見合わせたが、お互いどんな表情をしたらいいのか分からなかった。

「ここです。ちょうど、ここのところ。変形した骨の突起が……」

博士は一層強く耳たぶを押しつけ、首をねじ曲げた。伯母さんの頭を、模型の頭蓋骨と同じように扱った。

「お手数ですが先生、証人になって下さい」

手首をつかまれた歴史学者は、不意をつかまれて戸惑いながらも、問題の部分に指をはわせた。

「どうです？」

「はい、間違いなく、ございます」

とぎれとぎれに、学者は答えた。

「私も、失礼させていただいてよろしいでしょうか」

今度は司会者が立ち上がった。それからアシスタント、筆跡鑑定家と、次々順番に証人になりたがった。

「本当だ」

「あら、まあ」

「なるほど。うん、うん」

皆口々につぶやきを漏らした。

伯母さんは皆が心行くまで突起に触れられるよう、首をねじ曲げていた。今や全員が伯母さんの頭を取り囲み、ある者は頭頂部を鷲づかみにし、ある者は首の筋をつまみ、ある者はヘアピンを引き抜き、ある者は耳の穴をのぞき込んだ。伯母さんは、肩をすぼめていた。

このあと、三十分の休憩となった。収録の開始から二時間以上が経過していた。伯母さんは寝室へ戻り、ようやく髪とお化粧を直すことができた。

「疲れてない？」

私が尋ねると、うなずいてベッドの隅に腰を下ろした。

「ドレスにアイロンを掛けましょうか」

「平気ですよ、これくらい」

伯母さんはどこか見知らぬ遠い国へ、旅をしてきたかのような顔をしていた。疲労は隠せないが、胸の高まりはまだ収まらず、夢見心地だった。ニコがキッチンから温かい紅茶を運んでくると、美味しそうに全部飲んだ。

髪を整えている時、私も右耳のつけ根に触ってみようか、という誘惑にかられた。けれどすぐに考え直した。散々他人にいじくり回されたあとなのだから、もうそっとしておいてやればいいじゃないかと思った。ニコもその話題には触れようとせず、ただ紅茶のお代わりがいるかどうか、伯母さんに尋ねるだけだった。

再び突起のことが心に引っ掛かったのは、収録から何年もたった後のことだった。

ある日、美容院で髪を染めている時だった。ぼんやりめくっていたファッション雑誌の一ページに、草原を駆けるジャガーの写真が載っているのを見つけた。化粧品か腕時計の、ありふれた広告だった。

もうその時点では、館も剝製も人手に渡っていたが、応接間の出窓の下にいた若い雌のジャガーは、すぐさま私の胸によみがえってきた。

私は鏡に映った自分の姿を眺めた。頭にはヘアキャップをかぶせられ、両耳がのぞいていた。人類学博士が検証していた姿を思い浮かべながら、右耳のつけね、側頭骨の縁を押さえてみた。

私にも突起があった。アナスタシアと同じだった。左側にも、ニコにも、誰の頭にも、それはあった。


ニコと私を本当に面食らわせる事態が生じたのは、休憩後、収録が再開されて間もなくのことだった。

伯母さんがアナスタシアである可能性の高さについて、ひとしきり喋っていた司会者が、もったいぶった咳払いをしたあと、不意に切り出した。

「本日はもう一人、お客さまをお招きしております」

「あら、どなたなんでしょう」

アシスタントが言った。

「実は極秘に準備を進めてまいりまして、ご婦人にも、今日ご出席の先生方にも、お知らせはしていなかったのです」

「なぜ秘密にしなければならなかったんですか？」

「ええ、とてもデリケートな問題だからです。慎重に事を運ぶ必要があったのです」

「本物のアナスタシア皇女を見極めるのに、重要な役割を果たすゲストなんですね」

「もちろんです」

「まあ、一体誰なのか、見当もつきません。わくわくしますね」

「それでは、ご登場願いましょう。用意はよろしいですか？　はい、皆様、どうぞ拍手でお迎え下さい。ポーランドからいらっしゃった、アレクセイ・ニコラエービッチ・ド・ブルボン・コンド・ロマノフさんです」

スタッフの間から拍手が起こった。入口を開けるよう、私とニコとオハラは脇へ押しやられた。それまでどこに隠れていたのか、車椅子に乗った男が私たちの前を通り過ぎ、伯母さんの隣に運ばれていった。アレクセイ皇太子、つまり伯母さんの弟だった。

機嫌よく迎えているのは司会者とアシスタントだけで、三人の先生たちは戸惑いを隠せず、会釈をしたらいいのか握手をするのは失礼にあたるのか、わけが分からないままにおどおどしていた。

伯母さんは違った。真っすぐに男の横顔を見つめていた。瞳の青色が、一番美しくカメラに映った瞬間だった。

「知っていたの？」

私はオハラに聞いた。

「とんでもない」

オハラは首を横に振った。

「テレビ局が勝手にやったことです」

そう付け加えながら、おもしろい展開になりそうだ、とでも言いたげに、身を乗り出した。

男は身体の具合がよくなさそうだった。髪は黒々とし、口髭をたくわえていたが、顔色は冴えず、身体中あちこちの関節が変形して痛々しかった。ほんのわずか腕を動かすにも、顔をしかめていた。背はそう高くなく、小太りで、目蓋が青白く腫れていた。グレーの背広はいかにも小さすぎ、ボタンがようやく一つ留まっているという感じだった。

私は写真で見たアレクセイ皇太子の顔を思い出してみた。愛くるしい巻き毛の少年の面影を探すのは不可能だった。男はあまりにも生気がなく、その元気のなさが顔の印象をつかみ所のないものにしていた。

司会者がプロフィールを紹介している間、男はうつむいたきりだった。通訳の声も、真剣には聞いていなかった。身体の苦痛をこらえているようでもあったし、こんな遠くまで連れてこられ、迷惑極まりないと不貞腐れているふうにも見えた。

伏せられた瞳は確かにブルーだった。しかし、伯母さんのとは種類が違っていた。身体と平等に、老いによって蝕まれたブルーだった。

司会者の説明によると、このアレクセイ・ニコラエービッチ・ド・ブルボン・コンド・ロマノフと名乗る男は、ドイツとの国境に近いポーランドの小村、ポツナンにある養老院で暮らしているらしい。十年ほど前までは地元の牧師の世話を受け、教会で下働きをしていたが、持病（言うまでもなく血友病）の悪化により養老院へ入った。村の人々は皆、最初から男の素性を承知していた。なのにそのことで騒ぎ立てたりはしなかった。賢明な彼らは牧師を中心にして団結し、男を世間から匿《かくま》ったのである。おかげで六十年以上もの間、彼はつましく平和な暮らしを送ることができた。

ところがごく最近になって新しく養老院の理事長になった人物が、男の写真やパスポートの写し、村へやって来た経緯を示す証拠の書類などを、ワルシャワの新聞社に売ってしまった。ロマノフ家の財産を相続させ、そのおこぼれにあずかろうと目論んだようだ。結果、こうして猛獣館まで連れて来られるはめに陥ったのだった。

伯母さんの場合と違い、生き残った経緯についてははっきりした記憶が残っていた（はっきりしているからこそ、怪しくもあった）。つまり、処刑チームのリーダー、ヤコフ・ユーロフスキーが射殺したのは皇帝と皇后だけで、子供たちは秘密のトンネルから脱出したというのである。彼ら五人はみすぼらしい服を着せられ、すぐにばらばらにされた。アレクセイは難民になりすまし、一人の下級兵士に導かれ、何か月もかけてワルシャワへたどり着いた。やがて親切な牧師と出会い、ポツナンに落ち着き、一歩も村を出ることなく、無名の雑役夫として暮らす……。

「今回、ここへいらっしゃるには、随分な決心が必要だったんじゃありませんか」

司会者が尋ねた。

長い沈黙があった。気まずい沈黙だった。ようやく男が口を開いた時には、伯母さん以外、そこにいた皆が安堵の吐息をついた。男は通訳の耳元に向かい、短くささやいた。誰も彼の声を聞き取れなかった。

「はい」

通訳の答えはそれだけだった。司会者はしばらく続きの言葉を待っていたが、報われなかった。

「どうしてポーランドだったんですか？」

人類学博士が口をはさんだ。やはり答えが出るまで、辛抱強く待たなければいけなかった。

「ロシア人が多く暮らしているからです」

今度は少し、長い返答だった。

沈黙の間もずっと伯母さんは男から目を離さなかった。貴重な剝製を眺めているような目だった。

「では、秘密のトンネルを抜けて以降、六十年以上、お姉さまたちには会っていらっしゃらないのですね」

男が答えるのを待たず、司会者は続けた。「当然、消息も分からなかったわけです。悲劇の皇女と皇太子は、世界のあちこちに散らばり、互いに励まし合うこともできず、歴史の流れの底にひっそりと取り残されていたのです。それが今、五つの星のうち二つが、苦難の道を乗り越え、こうして巡り合いました。いかがですか？　アレクセイさん。お隣にいらっしゃるのがお姉さま、アナスタシアさんですよ」

ようやく今、伯母さんがいるのに気づいたとでもいうように、男は顔を上げた。

「戸惑われるのはごもっともです。お二人の胸に去来するのは、宮殿での華やかな日々でしょうか。それとも悲しみに満ちた監禁生活でしょうか。我々には想像すらできません。どうか心行くまで再会の奇跡をお喜びになって下さい。私どもに遠慮などいりません。さあ、さあ、どうぞ」

アシスタントは二人が向き合う位置に車椅子をずらし、伯母さんの手を取って立ち上がらせた。

「血のつながった姉と弟でありながら、遠く隔てられた猛獣館とポッナンで、孤独に耐えなければならなかった。これほどの悲劇がございましょうか。お二人のお姿を拝見していると、ご両親を虐殺された恐怖が、いまだに癒えていないのがよく分かります。今こそお二人は、真に孤独を分け合える相手を見つけ出したのです。微力ながらその手助けをさせていただけたこと、我々一同、誇りに感じております」

「そうだ、その通りだ」

人類学博士が立ち上がり、拍手をはじめた。歴史学者と筆跡鑑定家も後に続いた。アシスタントは涙を拭った。

で、一体、私は何をしたらいいんでしょう、という表情で伯母さんは戸口を振り返った。でも残念ながら、ニコの姿はみつけられなかったようだった。

「歴史に打ち勝った人間のドラマです」

「天国で皇帝と皇后もどんなに喜んでいらっしゃるでしょう」

「夢のようじゃありませんか」

「全く、すばらしい……」

皆、二人に向かって口々に称賛の言葉を浴びせ掛けた。いつしか弦楽四重奏が流れていた。スポットライトが二人に当たった。

伯母さんはそろそろと男の手に触れた。毛だらけの甲を撫で、指先を握り、それから両腕を広げて肩に回した。

これほどぎこちない抱擁を、かつて一度も目にしたことはなかった。男の指は突っ張ったまま硬直し、伯母さんの肘は不自然な角度に曲がって、二人の間にはあちこちいびつなすき間が生じていた。

四重奏はクライマックスに入り、拍手は一段と熱を帯びた。すべてが最高潮に達し、音楽のテープが切れた瞬間、ディレクターの声が響いた。

「カット」

スポットライトが消え、あたりは暗くなった。それでもまだ二人は、抱擁し続けていた。

10

撮影隊はすみやかに後片付けをすませ、撤退していった。「カット」の声が響き終わるか終わらぬうちに、司会者の愛想笑いは消え失せ、アシスタントの涙は乾いた。誰一人余韻に浸ることもなく、未練も残さず、むしろその日一日猛獣館で繰り広げられた情景を、一刻も早く忘れたがっているようでさえあった。

三人の専門家たちはお互い視線を避け合いながら、それぞれのやり方で疲労をほぐしていた。ある者は遠慮のない欠伸をし、ある者は指示棒の先でこめかみをグリグリと押した。特に、エネルギッシュなパフォーマンスを見せた人類学博士は、精力を使い果たした様子で、玄関ロビーを横切る途中、インパラの剝製につまずき、アナスタシアの頭蓋骨を落としてしまった。それは寒さに震えるように歯を鳴らし、床を転がっていった。赤いシールが何枚かはがれ、関節が弛んで顎が全開になった。眼窩の空洞が、インパラを見つめていた。

皆が行ってしまうと、応接間には埃と動物の抜け毛だけが残された。すべてが完了し、抱擁を解いたあともまだ、伯母さんと男はぎこちなく身体を強ばらせていた。男は車椅子の車輪を握り締めていたし、伯母さんの両肘は曲がったままだった。

男は猛獣館に一泊してゆくことになった。オハラの提案だった。

「せっかく再会できましたのに、このままお別れするなんて、あんまりじゃありませんか。語り尽くせない思い出話がおありでしょう。ご心配には及びません。私、オハラが、付きっきりでお世話させていただきます。何なりとご用をお申し付け下さい」

誰も反対しなかった。それはあまりにも真っ当な意見であり、何より異議を唱える元気の残っている人間が、一人もいなかったからだ。

私たちはオハラが手配した、ケータリングサービスの夕食を一緒に食べた。キャビア、ニシンの燻製、キノコの壺焼き、ボルシチ、野菜の酢漬け、サーモンのグリル、豚肉のカツレツ、ザクロのケーキ……。ご馳走がテーブル一杯に並んだ。

残念ながらテーブルの雰囲気は、料理の華やかさには比例しなかった。いつものごとくオハラが張り切って座を盛り上げようとしたが、ことごとく空振りに終わった。そもそも、主賓の男を何と呼んだらいいのかが分からなかった。アレクセイ・ロマノフさん？　皇太子？　叔父さん？　どれも的外れな気がした。それに言葉の問題もあった。ロシア語が喋れるのは伯母さんだけだが、彼女に有能な通訳の役目を求めるのは、最初から無理な話だった。

「このキャビアは、最上級のベルーガですなあ」

オハラはキャビアの皿をずっと独り占めにしている。

「明日くらい、雨が降って涼しくなるといいけど……」

私はサーモンの骨を取るのに専念する。

「うん、全くだ」

ニコだけが答えてくれる。彼はサワークリームをアレクセイに回す。具合がよくなさそうな割りに、男は旺盛な食欲を見せ、二枚めのカツレツに取り掛かる。

「ボルシチのビーツは、もっと酸味が強くなくてはなりません」

伯母さんはあくまで自分のペースを保っている。新調した萌黄色のドレスが汚れないよう、ナプキンを襟元にしっかりとはさんでいる。

食事を始めてすぐ、私たちには共通の話題が何もないことに気付いた。リング式質問カードの成果が出てよかったわね、と口にすることもできず、アナスタシアと姉弟喧嘩などしました？　と男に質問するわけにもいかなかった。私たちはただひたすら料理を飲み込み、時折、独り言のように何かつぶやいて沈黙を紛らわした。そうしながら横目でアレクセイの様子を観察した。

男は一言も口をきかなかった。不自由な指の間にナイフとフォークをはさみ、次々と食べ物を口の中へ滑り込ませていった。汗とソースで、口髭が湿っていた。

伯母さんとアレクセイは視線が交差しないよう、用心深く目を伏せていた。警戒しているというより、どう振る舞っていいのか見当もつかず、おどおどしている感じだった。

静かすぎる夜だった。湖面で魚が跳ねる音さえ聞こえてきそうだった。開け放した窓から風が入ってくる気配はなく、猛獣たちの体臭は足元で淀んでいた。

「トランプをやりましょう」

デザートのザクロケーキを皆が食べ終わるのを見計らって、伯母さんが言った。

「トランプ……ですか？」

一応、ニコが確認を取った。

「そう、トランプをやるのです」

高らかに伯母さんは宣言した。

指示に従い、私たちはサンルームへ象足のテーブルを運び込んだ。手品以外にも象足のテーブルに使い道があるとは知らなかった。毛皮と剝製に邪魔され、車椅子を動かすのは不可能なので、アレクセイはニコが背負った。事態がどうなっているのか、理解はできていなかったと思うが、男は嫌がらなかった。ニコの背中にのると、アレクセイは一回り小さく見えた。

「ロシアにもトランプってあるのかしら」

私が言うと、伯母さんは声のトーンを上げて抗議した。

「当たり前じゃありませんか。みくびってもらっては困ります」

「でも、全員がルールを知っているゲームとなると、何があるでしょう」

ニコが言った。

「七並べです」

当然、といった口調で伯母さんは答えた。

「いいじゃないですか。七並べ」

トランプをくりながらオハラが同意した。

「ええ、そうです。私はそれしか知らないのです」

伯母さんはアレクセイに向かい、急にロシア語で話しだした。考えてみれば、かつて伯母さんがロシア語を喋るのを聞いたことは、一度もなかった。

唇の動きから発声、声の質まで、何もかもが普段とは違っていた。ずっと使っていなかったにもかかわらず、それは身体の一部のようにするするとあふれ出してきた。威厳に満ちた演説のようでもあり、情熱的な詩の朗読のようでもあった。その時初めて、伯母さんが長年、不自由な言葉しか口にできないでいた事実に気づかされた。ニコとオハラと私は、その新鮮な響きに聞き入った。

テレビの収録でも、伯母さんにロシア語を喋らせるべきだった。そうすればもっとアナスタシアらしく見えたのに、と思った。

アレクセイは相槌を打ち、短い質問をし、ＯＫ、何も問題はない、さあ始めよう、というふうに、両手をこすり合わせた。

こうして姉と弟は、出会って初めて口をきいた。七並べのルールについて、言葉を交わし合った。

象足のテーブルはトランプをするには打ってつけだった。ひんやりとして触り心地がよく、カードが適度になじみ、五人で肩を並べるのに丁度いい大きさをしていた。

カードが配られると、皆独自のやり方で手札を整理し、作戦を練った。

「真剣勝負ですよ。ずるはなし」

手品で鍛えているはずの伯母さんが、カードの扱いが一番不器用だった。7はニコが一枚。私が一枚、オハラが二枚持っていた。

「幸先がいいですなあ」

オハラは禿げた額を撫で付け、伯母さんは煙草をくわえた。

「椅子が固すぎないですか？」

ニコが尋ねると、口調で意味を察したのか、アレクセイは、

「ダー。ダー」

と言ってニコの肩を軽くたたいた。

オハラは意外にも慎重派だった。自分の順番が来てもなかなか札を決められず、伯母さんに急かされようやく一枚選んだと思ったら、出す寸前に心変わりしてまた引っ込めたりした。パスする時も、パとスの間を妙に延ばし、時間稼ぎをした。

反対に伯母さんは、淡泊にどんどんカードを出していった。展開が動くたび、日本語とロシア語の入り交じった言葉をあれこれ漏らした。

一番手強いのはアレクセイだった。いかなる状況になっても表情を変えず、一度これは、と決めたカードは最後の最後、勝負所が来るまで辛抱強くキープした。カード

の選択に無駄がなく、諦めが必要な時は素早く手を引き、絶妙のタイミングで二つめのパスを使った。几帳面な性格らしく、誰かが列を乱すたび、きちんと真っすぐに直した。どんなつまらないカードでも彼が置くだけで、特別な意味が隠されているように見えた。

まず二ゲーム続けてアレクセイが勝ち、ニコとオハラに幸運が回ったあと、再びしばらくアレクセイの独擅場となった。彼があまりにも淡々と最後のカードを出すので、皆自分の負けに気づかないこともしばしばだった。

「さすがお強うございます。宮殿生活で培われた技なんでございましょうねえ」

オハラはお世辞を言うのを忘れなかった。

「ああ、いけない。私としたことがしくじったわ。あそこでクラブの9なんて、出すべきじゃなかったんです」

伯母さんは必ず言い訳をし、

「あの場合、仕方ありませんよ」

と、ニコが慰めた。

いつの間にか私たちは、このたわいもないゲームに熱中していた。順番にトイレに立つだけで、誰も象足テーブルを離れようとしなかった。伯母さんは刺繍タイムが過ぎたことにも、気づいていなかった。隣の人と肩がぶつかったり、カードを出す時指が触れたりしても平気だった。お腹はこなれ、テレビ収録の疲れはどこかに行ってしまっていた。もはや男が何者か、などという問題より、ジョーカーが回ってくること、運が自分に向いてくることの方が大事だった。

アレクセイが強さを発揮する中、ニコとオハラと私がたまにおこぼれにあずかるだけで、伯母さんはただの一度も勝てなかった。7が三枚そろったうえに、ジョーカーまで手に入れながら駄目だったゲームもあった。それだけ勝たないでいるのも難しいだろうと思うほどだった。

「よし、うまくいった」

「ダイヤの8を止めているのは誰?」

「ふむ、ふむ」

「ダー、ターク」

「ああ、やっぱり駄目」

皆口々に言いたいことを喋った。ニコは鼻歌を歌い、伯母さんは煙草の灰をまき散らし、オハラは今度こそいい札を手元に集めようと、念力を込めながらトランプを切った。私はアレクセイが上着を脱ぎ、ワイシャツの袖をめくるのを手伝った。

「スパスィーバ」

恥ずかしそうに彼は言った。四本の子象の足が、私たちを支えていた。

「次が、最後のゲームです」

ライターをカチリと鳴らし、伯母さんが言った。ガラス張りの天井は闇に塗り込められ、月も星も見えなかった。私たち四人は、黙ってうなずいた。

ラストにふさわしい厳しい戦いとなった。カードが並んでゆくにつれ小刻みに情勢が変化し、誰が優位に立っているのか見通しが立たなかった。伯母さんは珍しく早々に二つパスを使い、アレクセイとニコは相変わらずのペースで、私はスペードの8が止められているために苦戦していた。オハラはカードを出すのに一段と長い時間を要したが、伯母さんはもう文句は言わなかった。

少しずつ皆無口になり、カードが減るのを惜しむように、一枚一枚、ゆっくりと出していった。指先が汗ばんで、べたべたしてきた。こらえきれず、ニコがジョーカーをスペードの8に置いた。すぐさま伯母さんがスペードのエースを出し、ジョーカーは捨て札になってしまった。一気に私は息を吹き返した。アレクセイは最後のパスを使った。

まずオハラ、続いてニコがギブアップした。カードはテーブル一面に広がっていた。

アレクセイと伯母さんと私は残りわずかなすき間と、自分の持ち札を交互に見つめた。

「アレクセイさんの番です」

オハラが言った。アレクセイは口髭を震わせ、長いため息をついた。肩をすくめ、降参のポーズを取った。

「さあ、次はアナスタシアさん、あなたの番です」

伯母さんは煙草を灰皿に押しつけ、姿勢を正した。まだ艶やかさを失っていないマニキュアの塗られた指で、最後の一枚、ダイヤの11を置いた。

もしロマノフ家の皇女が生きていれば、きっとこんなふうにカードを置くに違いない、と思わせるような仕草だった。

アレクセイが拍手をした。

「おめでとうございます」

「すばらしいじゃないですか」

私たちも一緒に勝利を祝福した。

伯母さんは立ち上がり、スカートの脇を摘んで得意のお辞儀をした。アレクセイが手を取り、甲にキスすると、拍手は一段と大きくなった。それから二人は抱擁した。敬意と親愛に満ちた、今度こそ本物の抱擁だった。皇太子として猛獣館に登場して以来初めて、男は微笑んだ。

長い一日が終わろうとしていた。伯母さんは寝室に下がり、ニコとオハラは協力してアレクセイを客間に運び上げた。

バスルームでシャワーを使うアレクセイの世話を、男性陣がしている間、私はパジャマを用意したり、ベッドを整えたりしていた。彼らの会話がガラス戸の向こうから聞こえてきた。狭い場所で四苦八苦しているようだったが、オハラが音頭を取り、ニコがアシスタントになってうまくやっていた。三人の影が重なり合い、ガラス戸に映っていた。

「イズヴィニーチェ……ニェ……プラスチーチェ……」

とぎれとぎれのロシア語が、水音と一緒になって響いていた。

「バスタオルとパジャマ、ベッドの上に置いておくわね」

「うん、分かった。ありがとう」

ニコの声が返ってきた。

私は廊下に出た。伯母さんの寝室をのぞいてから、自分も眠ろうと思った。ふと振り向いた時、剥製の載った丸テーブルが目に入った。私の知らない間に、そこに何が起こったのか、気付くまでしばらく時間がかかった。ナミチスイコウモリが、元に戻っていた。

夏休みが終わり、秋が来ようとしていた。いつの間にかセミの鳴き声が消え、伯母さんが毛皮に刺繍をしていても、暑苦しく感じなくなった。

私は卒論の仕上げに追われ、ニコは新しい段階に入った行動療法に打ち込んでいた。

「扉の儀式もそろそろ、姿を変える時期が近いんじゃないかという予感がするんだ」

どんな変貌が訪れるか、楽しみに待っているような口調でニコは言った。

「それは突然やって来るものなのかしら。例えば、アルファベットの塗り潰しから、扉のジャンプへ移った時はどうだった？」

私は尋ねた。

「前触れはないね。まず、新しい儀式が、ボン、と登場する。ポップコーンが破裂するみたいなものさ。その習得に戸惑っておたおたしている間に、前の儀式が何だったかなんて、どうでもよくなってる」

「火星からの信号が、波形を変えるのね」

「うん、たぶん」

「今度は治療がうまくいって、信号が消えるかもしれないわ」

「期待はしてないよ。もっと他に、いくらでも儀式の種類はあるんだ。毛を抜く、窓を閉めて回る、ゴミを拾う、小石の数を数える、身体を拭く、電信柱に抱きつく……。選り取り見取りじゃないか」

私は首を横に振り、ニコの膝に掌を当てる。病気の話をする時はいつでも、彼の身体のどこかに触れていないと不安になる。

「どんなふうに姿を変えようとも……」

ニコは続けた。

「僕の中の怪物はそこにいる。儀式の檻の中で、鼻息を荒くしている。もし儀式の檻がなかったら、更に恐ろしい事態に陥るのかもしれないよ。だから僕は怪物が逃げ出さないよう、厳重に檻を点検し続けているんだ」

ニコと二人でいると、耳や唇やまつげや指が、彼だけに授けられた特権のように思えてくるのは不思議だ。他の誰も手に入れられないものを、彼は苦もなく受け取っている。そしてそのことに、私だけが気づいている。そんな思いにとらわれて、ニコの横顔を見つめてしまう。

「心配いらないわ。鍵は丈夫にできているから」

「そうだろうか……」

「ええ。鉄製の、重い鍵なの。長い時間ずっと洞窟に隠しているから、もう錆ついて動かないの」

私はニコの耳から顎、唇へと指を這わせる。それが間違いなく特別なものであるということを確かめるため、柔らかなふくらみや、産毛や、湿り気を指先で味わってゆく。私が満足するまで、ニコはじっと動かずにいてくれる。

テレビの放映予定はなかなか決まらなかったが、伯母さんの噂は既に街中に広まっていた。面会希望者は後を絶たず、通りすがりに門の前で記念撮影をする人々も引っ切りなしに現われた。

専属マネージャーとして、オハラも忙しくなった。『剥製マニア』の仕事に差し障りが出るのでは、と心配になるくらいだった。

はじめは異様に思えたことも、習慣になって繰り返されるようになると、もう何でもなくなった。朝、テラスからオハラが登場し、伯母さんに向かって一日のスケジュールを読み上げていても、得体の知れない人物たちが、Aのサインを恭しく受け取りながら、伯母さんの瞳に見惚れていても、それらは既に日常の一場面でしかなかった。

「じゃあ、オハラさん。ユーリ伯母さんのこと、お願いしますね」

そう言って、心残りもなく大学へ出掛けて行けた。この調子で伯母さんとの共同生活は、ずっと平和に続いてゆくだろうなどと、油断さえしてしまうのだった。

四人が揃うと、私たちはよくアレクセイの話をした。一緒に過ごした一晩の出来事を順番に思い出し、七並べの強さについて、改めて敬意を表した。きっと死ぬまで訪れることもないだろう、遠いポーランドの小さな村に、自分たちの知っている男が一人、暮らしていると考えるだけで、皆和やかな気分になれた。養老院の談話室でも男がトランプの腕を存分に発揮していますようにと、祈らないではいられなかった。

ロマノフ家の生き残りとして人生を送っている人間は、この世に伯母さん一人きりではない……そう思うのは、扉の前で立往生している誰かを頭に描きながら眠ろうとする、ニコの気持に似ていた。

集団行動療法を受けるため、ニコが病院へ入院することになった。病院は車で三時間もかかる、海辺の町にあった。期間は一か月、もしかすると三か月になるかもしれないという話だった。

最初、ニコは乗り気でなかった。新しい療法に懐疑的だったし、見知らぬ人々と共同生活を送るのも憂鬱な様子だった。

「景色のよさそうな所じゃない」

何か月もニコに会えないのは堪え難かったが、私はどうにか自分のわがままを押さえて彼を説得しようとした。

「初めての土地へ赴くのを、恐れてはなりません」

いつでもニコに味方するはずの伯母さんが、この転地入院に関しては断固とした態度を示した。

「この私をご覧なさい。いくつの初めての土地を巡ったと思うのです。トボルスクにエカテリンブルク、そして猛獣館。ある時は無理矢理に、ある時はしぶしぶと。しかしどこでも、心配した以上の悪い出来事には遭いませんでした。たいていが取り越し苦労に終わるのです。その証拠に、私は今、ここにこうして生きております。それだけで十分じゃありませんか」

「何が十分なの？」

私は尋ねた。

「つまりは……」

伯母さんは一つ咳払いをした。

「あれこれ思い煩う必要はないのです。お行きなさい、ということです」

出発の朝、グリーンのセダンはきれいに磨き上げられていた。リアシートの荷物は、長い旅にしては頼りない小さなボストンバッグ一つきりだった。

私たちはプールの水を抜いておくことにした。排水口のバルブはニコでないと回せないし、彼が帰ってくるのを待っていたら、落葉だらけになってしまうと思ったからだ。

バルブがゆるむにつれ、水面がうねりだし、ゆったりとした渦が生まれた。夏のはじめに二人で掃除をした時のまま、プールはまだ清潔さを保っていた。

「早く出発した方がいいわ」

「全部水が抜けるまで、見届けてからにするよ」

私たちは縁に腰掛けた。伯母さんはプールの向こう側の木陰でデッキチェアに寝そべり、『ロマノフ朝最後の皇帝一家・その記録アルバム』を読んでいた。朝日が裏庭を包み、空の高いところを雲が西へと流れていた。打ちひしがれた北極グマの毛さえ、光を受けてきらめいて見えた。

「知らない道だから、安全運転でね」

「ちゃんと地図を調べたから、迷ったりしないさ」

「電話は取り次いでもらえるかしら」

「たぶん、平気だと思う」

「卒論が仕上がったら、面会に行くわ」

「伯母さんは一人で留守番できないさ。ちゃんと、手紙を書くよ」

「うん、待ってる」

プールの水は、満たすより抜く時の方がずっと早かった。渦は形を変えながら、少しずつ小さくなっていった。足元を流れているはずの水音が、林のずっと向こうから響いてくるように聞こえた。消毒液を含んだ水の匂いが、風と一緒に立ち上ってきた。

「病院の扉が、手強くなければいいんだけれど……」

私は言った。

水はあとほんの数センチしか残っていなかった。排水口がゴボゴボと苦しげな音を立てはじめた。

「うん、そうだね」

ニコは答えた。

「私たちのことなら、心配はいりませんよ」

『ロマノフ朝最後の皇帝一家・その記録アルバム』を閉じ、デッキチェアから上体を起こして、伯母さんが手を振っていた。

「ニコが帰ってくるのを、ちゃんと待っていますからね。元気を出すんですよ」

室内着の袖がめくれ、腋の下がのぞいて見えるくらい一生懸命、伯母さんは手を振り続けた。最後の渦が、排水口に飲み込まれようとしていた。

11

ニコが行ってしまった次の週の日曜日、街で一番お洒落なレストランに、ユーリ伯母さんと二人、ランチを食べに行った。ニコがいない淋しさを紛らわすために、私たちには気晴らしが必要だった。

お互いアドバイスし合いながら、精一杯のお洒落をした。伯母さんは白いブラウスと、ヘリンボーンのスーツを着て、昔伯父さんに買ってもらったというサファイアのブローチを、胸に飾った。私も負けずに、シルクウールのワンピースに、去年の誕生日、ニコからプレゼントしてもらったレースの襟飾りを付けた。

ただ伯母さんは、どう考えてもレストランには似付かわしくない、例の変形した革の鞄を提げていたので、お洒落が完璧に決まる、というわけにはいかなかった。

「今日は手品の道具はいらないと思うんだけど……」

正直に私は言ってみた。

「これは私の錨のようなものなのです。これがないとふわふわして、きちんと定まるべき場所に停泊できないのです」

やはり伯母さんは譲らなかった。

レストランに入るのは久しぶりだった。ニコと一緒の時は、予約した店に必ず入れるとは限らないので、外食の習慣がなくなっていたのだ。

私たちは一番日当たりのいい窓辺に座り、今日はそういう日にしましょうと、あらかじめ二人で決めておいたとおり、お金の心配をせず、好きなものを好きなだけ注文した。海老や真鯛やホロホロ鳥や骨つきラムを頼み、シャンパンもワインも飲み、もちろんデザートも手を抜かなかった。若いハンサムなウエイターが、かしこまった表情でサービスした。ただ時折、好奇心を抑えきれないように、視線の端で伯母さんを盗み見していた。

「失礼いたします、奥さま」

一段と深く腰を折り、伯母さんの耳元でウエイターがささやいた。

「あちらのお客さまが、ぜひともサインをいただきたいと、おっしゃっておられるのですが……」

そう言い終わらないうちに、ポケットから手帳を取り出した。

伯母さんはそれを一瞥し、ナプキンで口元を拭ってから、一ページにはみ出すほど大きくて不恰好なAを書いた。

「ありがとうございます」

恐縮するウエイターに、伯母さんは顎をしゃくって、もう下がるよう促した。向こうのテーブルの婦人が、私たちに会釈していたが、伯母さんは視線を向けることもなく、食事の続きに戻った。目配せとひそひそ声が、そこかしこでさざ波のように起こった。

「そのブローチ、とても素敵」

私は言った。

「瞳の色に、よく似合ってる」

伯母さんはウインクし、ラムの骨をコツンと鳴らした。

「その、レースの襟飾りもね」

私たちは、自分にとって一番大切な、そして今は側にいない人のことをそれぞれ思い浮かべながら、ブローチと襟飾りにそっと手をやった。

レストランを出て、すぐにはタクシーを拾わず、しばらく街を歩いた。肩を寄せ合い、腕を組み、ウインドーをひやかした。風はすずやかなのに、ワインのせいで頬はいつまでも火照ったままだった。

すれ違いざま、振り向く人もいた。通りの向こうから、指差す人もいた。しかし私はもう、憤慨したり恥ずかしがったりなどしなかった。代わりに、

「ええ、そうよ。伯母さんはアナスタシアなのよ」

という表情を返した。

私たちは大通りを途中から横道に入り、方角が分からなくなるのも構わず路地を好きなように曲がり、広場を一周してまた大通りに戻った。伯母さんの腕はか細く、いくら胸を張っても、背骨は頼りなく湾曲していた。

「鞄を持つわ」

幾度となく申し出たが、そのたび伯母さんは首を横に振った。

「いいのよ。一人で平気なの」

錨をつないだ鎖が切れ、海の底へ沈んでしまうのを恐れるように、更にしっかりと持ち手を握り締めた。

私たちはどこまでも歩いて行ける気分だった。お洒落と散財のせいで、妙な具合に神経が高ぶっていたのだろうか。あるいはただ単に、ワインに酔っていただけなのかもしれない。秋の光を浴び、疲れも痛みもないまま、望むならどんな遠い場所にでもたどり着けそうだった。お互いの息遣いを調和させ、歩調をぴったりと合わせることができた。街路樹の影も人々のざわめきも、すべてが自分たちを祝福しているかのようだった。


しかし本当は、祝福などされていなかった。日が暮れてから猛獣館に帰ってきた時、私たちは二人とも、馬鹿げた散歩をしてしまったことに気付いた。踵は擦りむけ、ふくらはぎは固くなり、腰がだるくて仕方なかった。伯母さんの掌は血豆ができている有様だった。そのうえ、昼間の料理がお腹にもたれて胸焼けがした。

私たちは服も着替えず、ソファーに倒れ込んで休んだ。夕食を食べる気には、とうていなれそうもなかった。ただ黙って、湖が闇に沈んでゆくのを眺めていた。

「手を消毒した方がいいんじゃないかしら」

私は言った。

「いいえ、大丈夫」

伯母さんの頑固さは変わりなかった。

「潰れてはいないもの」

「あとで救急箱を持ってくるわ」

夜に飲み込まれる最後の光の中を、一群の渡り鳥が飛び去っていった。少しずつ、月が明るさを増していた。風が出てきたのか、藤棚から垂れた蔓が揺れていた。

やがて伯母さんは刺繍タイムに入った。エルクの敷物だった。

「疲れているのに、頑張るのね」

クッションを頭の下に滑り込ませながら、私は言った。

「ええ、当然でしょう」

伯母さんはエルクの背中の毛をはさみで刈り取り、使い込んで皺くちゃになった型紙を置いた。

「新しい型紙を、作ってあげましょうか」

「そうねえ、もうしばらくはこれでもつでしょう」

エルクは伯母さんの全身を覆ってもまだ余るくらいに大きく、艶のある焦茶色の毛をしていた。皮だけになってもまだ、カナダだかアラスカだかの森林地帯を駆け回っていた頃の、全身にみなぎるたくましさは失われていなかった。それに触れていると、伯母さんのか細さが余計際立って見えた。

ついこの間整理してあげたばかりなのに、裁縫箱はもう乱雑になってしまっていた。手当たり次第引っかき回して、ようやくトレーシングペーパーを見つけ出すと、図案を写し取り、金色の糸でAの頂点から刺しはじめた。必ずスタート地点はそこだった。

私は伯母さんが刺繍している姿を眺めるのが好きだ。ソファーに寝転がって、糸の気配を感じていると、夜がゆっくり過ぎてゆくように思える。

最初はそうでなかったと思うのに、気がついたら好きになっていた。その姿はそれだけで完結している。必要なものは全部そろっているし、不要なものは何一つ紛れ込んでいない。動物、チャコペンシル、木枠、針、糸、震える指……。皆がつながり合って一続きの形を成している。そこには私の知らない過去の時間も流れていれば、伯父さんの面影も映し出されている。哀しみもあれば、温もりもある。私は安心し、心行くまで何周でも輪郭をなぞることができる。

「ニコに、電話してみようかしら」

私は独り言をつぶやく。

「つい先週、出発したばかりじゃありませんか」

意地悪そうに伯母さんが答える。

「じゃあ伯母さんはニコのことが心配じゃないの？」

「いいえ、もちろん声が聞きたいに決まっています。でも我慢しているんです」

「何のために？」

「もしかしたら今は、大事な訓練中かもしれませんし、入浴中かもしれません。だから我慢しているんです」

「そう、偉いのね」

エルクの皮は分厚いらしく、針を通すのに苦労していた。切り取られた焦茶色の毛が玉になり、ふわふわと舞っていた。私はニコに電話するのを、見送ることにした。

「明日の面会人は多いの？」

「さあ、どうだったかしらね。たぶん、二人か三人でしょう。朝、オハラがやって来れば分かります」

「昨日、オハラさんが持ってきてくれた梨があるけど、食べる？」

「いいえ、今は結構」

私はクッションに顔を沈めた。身体のだるさが、眠気に変わろうとしていた。襟飾りが汚れないよう、外してテーブルに置いた。

「このエルクはね」

下腹の毛を撫でながら伯母さんが言った。

「二メートルはあろうか、っていう巨大な角を持っていたのよ」

「へえ、そうなの」

私は寝返りをうち、もっと深くクッションに頭を沈める。

「まるで伝説の世界に育った巨木が、両腕で天を支えているかのような角です。堂々とし、威圧的でありながら、枝分かれしたバランスは繊細でもあり……、おかしいわね。そういえば主人はあの角も購入したはずなんだけれど、どこにいったかしら……」

伯母さんは手を止め、部屋を見回したが、すぐにまた刺繍に戻った。

そんなに大きな剝製なら、貸し倉庫に預けてしまったのだろうと、私はぼんやりした頭で考えた。もし伯母さんが本気でエルクの角を探そうとしたら、困ることになるかもしれない。でも私は思い直した。たぶん、明日になれば忘れてしまうだろう。

「最初主人は、角だけがお目当てだったの。だけど私が反対したんです。差し出がましいようですが、どうか毛皮もご一緒にお持ちになって下さいませ。頭と胴体が切り離されては、成仏できません、とね。それが彼との初めての出会いでした」

「まあ、初耳だわ」

「ええ、誰にも内緒にしてきたんです」

「なぜ？」

「一番大事な思い出だからに、決まっているじゃありませんか」

「ロシア料理店で伯父さんがスープをこぼしたのがきっかけだって、聞いたけど」

「デマです。主人はスープをこぼすような不作法はしません」

伯母さんは針で髪の生え際をかき、唾をつけて糸をしごいた。

「私が家政婦としてお勤めしていた、貿易会社の社長さんの邸宅へ、彼が剝製を買いに来たんです。その社長さんも、亡命ロシア人でした。だから雇ってもらえたのです。イーグル、四不像、ムササビ、ヌートリア、ツキノワグマ。たくさん買いました。もちろん、エルクの敷物も」

「伯父さんは何て言ったの？」

「成仏などという難しい言葉を、よくご存じですね。そう、言ったんです」

窓から入ってくる風が冷たくなってきたが、今は動きたくなかった。このままじっとしていたかった。針が毛皮をすり抜けるたび、サファイアが光った。

「伯父さんは……」

私は尋ねた。

「伯母さんがアナスタシアだと、知っていたの？」

Aの文字は完成間近だった。それはエルクの背中にしっかりと縫い付けられていた。伯母さんは顔を上げ、窓の外を見やった。そこにはただ、夜が広がっているだけだった。

「ええ、知っていましたとも。ありのままの私をね」

カーテンがそよぎ、虫の鳴き声が聞こえた。空の真ん中に、月が浮かんでいた。

「一つ、お願いがあるんだけど……」

遠くを見つめたまま、伯母さんが言った。

「糸がもうなくなりそうなの。新しいのを明日、買ってきてほしいんです」

「うん、分かった。赤色と金色でしょ」

もうすぐそこに、私の眠りが訪れていた。

「お安いご用よ」

私は半ば、目を閉じた。安心したように、伯母さんはまた刺繍をはじめた。

伯母さんが死んだ時、信じがたいほどに理不尽なその状況にもかかわらず、私は目の前で何が起こったのかを、とっさにすべて理解した。何のために何がどうなって、そして伯母さんは決して生き返らないのだ、ということのすべてを。

一瞬の出来事を、私は正確に脳裏に刻み付けた。恐怖に震えて目を覆いもしなかったし、無意識のうちに現実の一部を消去したり歪曲したりもしなかった。その証拠に私は、警察にもオハラにもニコにも、そっくり同じ説明を繰り返しすることができた。刻み付けられた映像を、順番どおりに目蓋から、一枚一枚はがしてゆけばいいのだった。

しかし正直に告白すれば、音は記憶に残っていない。もちろんそこには、相応の音が生じていたはずなのに、聴覚だけは凍ったように麻痺し、あらゆる空気の振動を遮断してしまった。私は伯母さんの死んだ音を、聞きはしなかった。

無音であるために時間の流れがスピードダウンし、映像はより鮮明になった。視界の縁の霞がとれ、細部にまで均等に光が当たっている。神経の中で視覚だけが特別な地位を与えられ、全身のエネルギーを集めている。おかげでロビーに広がった血さえもが、まるで美しい液体であるかのように感じられる。

でもだからと言って、誤解しないでほしい。私は伯母さんの死を、悲しんでいないわけではない。どう悲しんでいいのか分からないくらい、悲しかったのだ。

長い年月を経たのちも、私がこの体験をおぞましい記憶として、パンドラの箱に閉じこめてしまわなかったのは、驚くべき事実だろう。反対に私は、伯母さんの最期を見届けたこの世で唯一の証人となったことに、誇りを感じている。伯母さんは一人ぼっちではなかった。この私がそばにいた。私は自分に与えられた役割を全うした。そう自分に言い聞かせながら、死の記憶を愛撫している。

私が手芸用品店で赤と金の刺繍糸を求め、ついでに昼食用のサンドイッチと、午後からの面会者に出すショートケーキなどを買って猛獣館へ帰ってきたのは、十二時を少し過ぎた頃だった。

セイウチの足拭きマットで靴の泥を落とし、玄関の扉を開けた時、伯母さんが二階の踊り場の手すりにもたれているのを見て、ふと不思議に思った。そんな所で伯母さんが私を出迎えてくれたことなど、今まで一度もなかったからだ。けれどすぐに、お腹が空いてお昼が待遠しかったのか、あるいは私が糸を買い忘れないか心配だったのだろうと、思い直した。

「ユーリ伯母さん」

私は吹き抜けになった踊り場に向けて、手芸用品店の紙袋を捧げて見せた。伯母さんの表情は日差しのいたずらでうまく読み取れなかったが、手を振り返す仕草から、美味しい食料と、A何十個分ものたっぷりの刺繍糸を手に入れ、上機嫌なのが分かった。ネグリジェの上には何もはおっておらず、ゆるんだ首元からのぞく鎖骨が寒そうだった。ナイトキャップからは、寝癖のついた白髪がはみ出していた。

伯母さんは更に勢いよく手を振りながら、何か声を上げた。たぶん、「ねえ」とか「お帰り」とか、さほど意味のある言葉ではなかったはずだ。もうその時点で既に、鼓膜は機能を止めていた。

「ちゃんと買ってきたわ」

私は言った。それでもなお伯母さんは、感謝の気持を全部表に出さなければ我慢できないとでもいうように、言い残したことはないか、思いを巡らせるように、合図を送り続けた。

次の瞬間、伯母さんは手すりから身を乗り出し、そのまま落下していった。不自然さはなかった。どこにも引っ掛からず、何の抵抗も受けず、身体は手すりを越え、空中で一回転した。自然すぎて、もしかしたらそうなるのが、一番ふさわしい在り方なのかもしれないと、錯覚を起こすくらいだった。波打ち、翻るネグリジェの裾が、視界にくっきりとしたラインを残した。

あとになって、現場を検証した警察の人が、手すりの根元が腐っていたことを教えてくれた。入れ代わり立ち代わり見知らぬ人々が近寄ってきては、

「防ぎようのない事故だったんです。あなたが悪いんじゃありません」

と言って慰めてくれた。

しかし私にとっては、自殺か事故かなどという問題は、たいした意味を持たなかった。伯母さんが死んだことに比べれば、他のどんな事実も無力だった。

伯母さんはインパラの上に落下し、その角に突き刺さって死んだ。伯父さんとの結婚の立会人となったインパラを、全身で抱き止めるようにしながら、息絶えた。

以降のさまざまな混乱については、あまり覚えていない。瞬間の記憶の鮮明さに反比例し、自分には手の届かないどこか遠い場所で起こった出来事としてしか思い出せない。誰がどんなふうにして伯母さんをインパラから引き離したのか、床に流れ出た血を誰が拭き取ったのか。私が気づいた時にはもう、ロビーは元の姿に戻っていた。

一つはっきりしているのは、ニコとオハラが常に私のそばにいたことだった。二人は助け合い、力を合わせて伯母さんの亡骸に奉仕した。

葬儀には思いもかけず大勢が集まった。かつての面会者たち、テレビの関係者、近所の人々、そして『剥製マニア』愛読者の集いのメンバー……。

彼ら全員が伯母さんと本当に親しかったとは言えないかもしれない。何人かは口をきいたことさえなく、一回、手品を見ただけの付き合いだったろう。にもかかわらず参列した人々は皆、それぞれの胸に、彼らなりの伯母さん像を描き出し、その像に向かって心からの祈りを捧げた。皇女アナスタシア、とつぶやきながら、木枯らしが吹き、木立がざわめく庭に、長い列を作って。

一番たくさん泣いたのはオハラだった。もはや誰が毛皮を踏み付けようが、気に掛ける余裕もなかった。葬儀業者に指示を出していたかと思うと、いつの間にか剥製の陰に隠れて肩を震わせていたし、知り合いを見つけるたび、寄って行って嗚咽《おえつ》を漏らした。しばしばニコは、彼が思う存分涙を流せるよう、胸を貸してやらねばならなかった。

伯母さんの棺は館中の動物たちによって守られていた。雌のジャガーもいた。ローンアンテロープも、エルクも、ナミチスイコウモリもいた。彼らはじっと動かない瞳で、最後の旅に出発する伯母さんを見つめていた。ただ一頭インパラだけが警察に留め置かれ、仲間に加わっていなかった。本当はインパラこそが一番の従者となるべきなのに、まるで罰を受けるかのように、それを許されないでいた。

ニコと私はほとんど言葉を交わさなかった。互いの体温を感じているだけで十分だった。むしろ余分な言葉を口にして、かろうじて保っているバランスを崩し、ニコの前で滅茶苦茶になってしまう方が怖かった。ニコは実に彼らしく振る舞った。館の中を隅々まで音もなく行き来し、人の気づかない小さな役目を自ら進んで引き受け、目立つ場所には足を踏み入れず、それでいて誰かがニコを必要とした時は、必ずそこに居て求められる以上のものを差し出した。彼の辛抱強い耳や、大きな掌や、穏やかな声の響きが、伯母さんのために集まった人々には必要だった。

私が一番に電話したのは、救急病院でも警察でもなく、ニコのところだった。彼はすぐに車を飛ばし、戻ってきた。扉が開いた時、伯母さんは運び出された後だったが、私はまだロビーに立ち尽くしていた。目と目が合った瞬間、ニコはすべてを悟っていた。

儀式は行なわれなかった。一刻も早く私を抱き締めるため、ニコは回転もプッシュもジャンプもせず、そこに扉など存在していないように、玄関を走り抜けてきた。

ほんの十か月足らず前、雪の上を運ばれていった伯父さんと同じルートをたどり、伯母さんは猛獣館に別れを告げた。伯父さんの庇護の元へ、帰っていった。棺の先頭を担うオハラとニコの足元で、枯葉が鳴っていた。

葬儀から二か月後、館を明け渡す日が来た。一般向けとは言い難い造りではあるし、伯母さんの死に方の問題もあるので売却は難しいと思われたが、意外にもすんなり買い手が現われた。投機取引会社を経営する、ロマノフ家マニアの資産家だった。生前伯母さんと面会し、サインしてもらったハンカチを大事にとっている、という話だった。相場よりは安い値段だったが、それでも葬儀代や滞納していた税金を支払うには十分だった。

「でも、伯母さんが本当にアナスタシアだったかどうかは……」

契約の席で、私が念を押そうとすると、資産家は手を振ってさえぎり、それ以上おっしゃらなくてもいいんです、という表情を見せた。

動物たちに関しては、オハラに頼むより他、選択の余地はなかった。伯母さんが死んだ以上、彼らには新しい居場所が必要だった。しかし私にもニコにも、それがどこにあるのか、見当さえつかなかった。

その点、オハラはプロフェッショナルだった。つぼを心得ていた。自分が果たすべき仕事の全体像をつかむやいなや、細分化された作業の一つ一つを、系統立てて実行に移すことができた。

まず、貸し倉庫に押し込めているのと、館にあるのと、コレクションすべてに番号を振り、頭部・脚部・全身、肉食獣・草食獣・鳥類・海獣類……等々の項目に従って分類し、完璧な目録を作成した。途方もない作業になると危惧していたにもかかわらず、オハラは『剝製マニア』愛読者の集いのメンバーを指揮し、たった一週間ですべてをやり終えてしまった。

それからすぐにその目録を、彼が持つ秘密の情報網に流し、返ってきた反応の中から適切な買い手を見出して、商談を成立させていった。必ずしも一番高い値段をつけた者が選ばれるわけではなかった。オハラはオハラなりの価値基準を持っており、その動物を最も必要としている相手を嗅ぎ分けるのだった。伯母さんが刺繍を施した毛皮たちも、相応な相手に巡り合うことができた。

猛獣館のコレクションを再出発させるという仕事に、オハラは没頭した。応接間を事務所代わりとして、引っ切りなしに訪れる買い手に応対し、電話を掛けまくり、何枚もの書類を書いた。お茶一杯を飲む休憩さえ取らなかった。忙しく立ち働くことで、伯母さんが死んだ悲しみを紛らしているようだった。

「ニコとも相談したんだけれど……」

私はオハラに言った。

「あの、雌のジャガー。あなたにプレゼントします」

オハラは仕事の手を止め、えっ、と短い声を発し、私の言葉を理解する時間を稼ぐために、何度か瞬きした。

「と、言いますと……」

「差し上げます。ただ、それだけです」

「本当に？」

「あのジャガーにだって、一番ふさわしい持ち主の所へ行く、権利があるでしょう」

オハラは何か答えようとしたが、胸がつかえた様子で、ただ静かに頭を下げた。

私たちは三人、藤棚の下に並んで立ち、動物たちが館から運び出されてゆくのを見送った。大きすぎるクロサイやカリブーは、二階の窓からクレーンで吊り下ろされた。小さな者たちは段ボール箱にまとめられ、台車に載って出てきた。ガゼル、ラマ、ヘビトカゲ、クーガー、ピューマ。皆おとなしく、されるがままになっていた。後から後から、わき出るように動物たちは姿を現わした。リカオンは逆さまに後ろ脚をつかまれ、ミシシッピワニは二人がかりで、シベリアトラの頭は両腕に抱かれ、トラックの荷台に消えていった。バッファローの髭が風に揺れ、エルクの毛皮は冬の日を受けて輝いていた。

オハラは涙を拭い、ニコと私は手を握った。私たちは最後の一頭が出発するまで、そのまま肩を寄せ合っていた。

12

†猛獣館のアナスタシア†
【レポートその3】

まず最初に、愛読者の皆様に悲しいお知らせをしなければならない。このレポートがわずか三回で終わりを迎えるとは、一体誰が予想しただろう。先日、猛獣館のアナスタシア様は、不慮の事故により、八十年の生涯を閉じられた。ここに謹んで、哀悼の意を表したい。

知らせを受けた時、私は動転し、絶句した。特にその亡くなり方を聞いてからは、もう自分を正常に装うことさえ困難な状態だった。インパラの角に突き刺さって、死んでしまうなんて……。

私はどんな非難をも浴びる覚悟で、勇気を持って、告白したいと思う。そのインパラがロビーに放置されていたのは、すべて私に責任があるのだ。私がしでかした愚かな行為の結果、それは本来あるべき場所から、あそこへ動かされ、捨て置かれたようになっていた。私さえいなければ、インパラは暖炉の上にあり、アナスタシア様の命を奪う道具になることもなかった。

弁解の余地はない。私は生涯うな垂れ、背中に罪を負って生きてゆくだろう。これから先、どんな剥製と出会っても、アナスタシア様の瞳を思い出し、繰り返し罪の重さに苦しむだろう。

姪御さんは一切、私を責めようとはなさらなかった。それどころかアナスタシア様のそばに、最後までつき従うメンバーの中に、私を加えて下さった。おかげで私は、コレクションの行く末を、責任を持って見届けることができた。さらに姪御さんは、雌のジャガーを一頭、進呈して下さった。

「お礼とは違います」

姪御さんはおっしゃった。

「伯母さんとともに一緒の時を過ごした、証として、思い出として、差し上げるのです」

私はただ、涙するしかなかった。

皆様ご承知のとおり、人間の寿命は剥製より短い。土に還るのを阻止された剥製たちは、常に持ち主たちと別れ、この世に取り残される運命にある。従って彼らの周辺にいる私どものような者には、新しい出会いのために尽力すべき義務がある。そうでなければ、すばらしい剝製の前で立ちすくむ喜びを、享受する資格も得られないはずだ。

愛読者の集いのメンバーのご協力により、H氏のコレクションは無事、旅立っていった。一堂に会していたものが散り散りになるのには、一抹の寂しさを覚えるが、それは言っても仕様がない。今はただ、彼らの幸福を願うのみだ。

なお、必要経費を差し引いた売り上げは、動物愛護団体に寄付された。滑稽じゃないでしょうか、と姪御さんは迷っておられた。剝製にするのと、愛護するのと、正反対ではと思われたらしい。

「いいえ、そんなことはございません」

きっぱり私は断言した。

姪御さんはコレクションの中から二頭だけを、手元に残すよう希望なさった。北極グマと、インパラである。

彼女は私を責めなかったのと同じく、インパラに対しても、憎しみを抱いてはいなかった。むしろ、アナスタシア様の最期を記憶する特別な剝製として、それを手放したくないと考えたようだった。そして当然、H氏の死の証人となった北極グマは、インパラと対をなす、欠くべからざる剝製となった。姪御さんは北極グマを裏庭から救い出し、長らくの不実を詫びるかのように、手を尽くして補修なさった。もちろん私もアドバイスさせていただいた。口の中に溜まった埃をかき出し、虫食いを繕い、毛並みを整えた。またインパラにも手当てが必要だった。血をクリーニングし、角を磨いた。

今、二頭は、姪御さんとニコ青年のもとに置かれている。これほどまでに安らかな居場所を見つけた剝製を、私は他に知らない。

改めて記すまでもなく、アナスタシア様は不思議な魅力に満ちあふれた方だった。実際お付き合いしたのはほんの数か月でしかないのに、あの方がロマノフ王朝の皇女であられた昔から、ずっと存じ上げているような錯覚に陥っている。「レポートその1」に掲載した、娘時代のお写真の頃から、ずっと。

しかし、レポートの当初の目的であった、あの方は本当にアナスタシアなのか、という問題は、とうとう解決されなかった。現段階でご報告できる調査内容が、ないわけではない。例えば、テレビ局によってなされた検証の数々、筆跡鑑定や頭蓋骨測定、弟アレクセイ皇太子の登場、等については、いろいろと興味深い結果が得られている。科学的な数字はどれも、本物の可能性の高さを示していた。けれどご本人が亡くなられたからには、番組は放映されないであろうし、テレビ局がこれ以上の興味を示すとも思えない。

また、私自身が推論を立て、それを証明すべく練っていた調査計画も、宙に浮いてしまった。これまでのアプローチの仕方に少し変化を加え、もしあの方がアナスタシアでないのだとしたら、なぜあれほど宮廷生活に詳しいのか、という方面から考えてみようとしていたのである。帽子店でお針子をしていた頃、顧客の中に宮廷に近い人物がいたのか。家政婦時代の雇い主はどういう経歴の持ち主だったのか。結核で入院していた療養所の同室患者たちは?……いや、今となってはすべてがむなしい。あの方はもういない。アナスタシアとして、死んだのだ。

私が本業を忘れるほど熱心にこの調査に取り組んだのは、歴史的興味に突き動かされたというより、ただ単に、あの方のそばにいたかったからなのだ。瞳を見ていると、思わず手を差し伸べ、涙の泉があふれないよう、自分の胸に抱き寄せないではいられなかった。

もう二度と、猛獣館を訪れることはない。姪御さんとニコ青年にお会いする機会もないだろう。私の唇には、今でも、アナスタシア様の手にキスをした感触が残っている。温かい血の流れをよみがえらせることができる。あの方は微笑んでいらっしゃる。

瞳のブルーはますます深みを増し、私になど思いも及ばない、どこか遠くを見つめている。

とうとう、最後のお別れをしなければならない時が来たようだ。

さようなら、アナスタシア皇女。

＊参考文献

『ロマノフ王家の終焉―ロシア最後の皇帝ニコライ二世とアナスタシア皇女をめぐる物語』（ロバート・K・マッシー著　今泉菊雄訳　鳥影社）
『アナスタシア―消えた皇女』（ジェイムズ・B・ラヴェル著　広瀬順弘訳　角川文庫）
『ロマーノフ王朝滅亡―革命期の政治の夢と個人の苦闘』（マーク・スタインバーグ／ヴラジーミル・フルスタリョーフ編　川上洸訳　大月書店）
『皇女アナスタシアの真実』（柘植久慶著　小学館文庫）
『ロマノフ朝最後の皇女　アナスタシアのアルバム―その生活の記録』（ヒュー・ブルースター著　河津千代訳　リブリオ出版）
『手を洗うのが止められない―強迫性障害』（ジュディス・ラパポート著　中村苑子／木島由里子訳　晶文社）

解説

藤森照信

小川洋子の文章は、基本的にクールに硬質に淡々と続くのだが、にわかに生彩を帯びてまざまざと読者の網膜に浮かびあがってくる時がある。たとえば、

「窓から風が吹き込んできて、ふんわりカールした伯母さんの白髪を揺らした。時折廊下を行き過ぎる足音がしたが、病室のドアを開ける人は誰もいなかった。シュルシュルと糸がすり抜けてゆくわずかな気配だけが、私たちの間を漂っていた」

「風」、「白髪」、「足音」、「気配」、こういう一群の言葉を使う時、文は生彩を帯びる。書かれてはいないけれど、時刻は午後の3時か4時、傾きはじめた太陽がカーテン越しにベッドの端に届いた頃、病院は最新のコンクリート造ではなくて築数十年、と分かる。

「風」、「白髪」、「足音」、「気配」といった言葉には共通した性格があって、いずれも

存在が軽い。存在感が薄い、といってもいい。小川洋子の描写は、奇妙なことに、存在感が薄い時ほど生き生きとしてくる。血湧き肉躍るシーンの描写などないけれど、もし描写したとしても生彩は欠くだろう。

例外的に一つだけ血吹き、肉軋《きし》むシーンが出てくる。

「次の瞬間、伯母さんは手すりから身を乗り出し、そのまま落下していった」、「インパラの上に落下し、その角に突き刺さって死んだ」

現実としてはそうとうエグイが、この光景について、「音は記憶に残っていない」、「無音であるために時間の流れがスピードダウンし、映像はより鮮明になった」、「神経の中で視覚だけが特別な地位を与えられ、全身のエネルギーを集めている。おかげでロビーに広がった血さえもが、まるで美しい液体であるかのように感じられる」

音すら感じられないのだから、当然、臭いも肌触りもないだろう。

小川洋子の文は、聴覚も嗅覚も触覚も味覚も消え、視覚だけが純粋に働いている時が一番生き生きとする。「視覚だけが特別な地位を与えられ」ているのである。

珍しい描写能力であり、文章であると言っていい。

ふつう、視覚だけではリアリティが生れない。なぜなら、視覚は人間のトータルな外界認識能力にちがいないが（コウモリにとっての聴覚のように、犬にとっての嗅覚のように、ゾウリムシにとっての触覚のように、ミミズにとっての味覚のように）、視覚だけでは成立しないからだ。たとえば、人は芽吹き時のナラの立木を見ると、目に映っているのは木の形だけだけれども、形の奥にざらざらした幹の肌触りや春先ならではの湿りや枝にからむ風の音などの記憶を無意識のうちに思い浮かべ、全体としてのリアリティを、生き生きした感じを、感じ取っている。

音も匂いも味も肌触りもないのに姿形だけが見える世界とはいったいどこの世界なのか。風もなく、静まりかえり、物体の持つ肌触りもないなかを、人が歩き、服が揺れ、色彩が輝く世界。それは極楽、あの世、死者の世界だろう。

そのことに私がはじめて気づいたのは、小川洋子の小説をはじめて読んだ時だった。今となっては初期作品の『冷めない紅茶』である。死者の世界と生者の世界、あの世とこの世が地続きになっていて、登場人物たちは自分たちも気づいていないらしく、そ知らぬ顔で行ったり来たりする。不思議な感覚の作家だと思った。

この小説も構造は変らない。

貴婦人Aの夫は、「誰も触れたことのないどこか遠い世界の匂いを醸し出している」人物であるし、主人公というべき貴婦人Aはロシア革命で死んだはずのロマノフ王朝最後の皇女アナスタシア。アナスタシアの住むあの世が一方にあり、対極は、脂ぎって小太りの剝製商オハラが飛び回り、テレビが跳ねるこの世。

このあの世とこの世の間をつなぐのが、動物の剝製たち。剝製というものの本質について次のようにオハラは言う。

「死んでるとは思えないでしょう。剝製で大事なのはそこなんです。永遠の静止によって、いかに生きている時以上の生命力を生み出すか。死が生を表現するのです」

死んでるのに生きてるような姿形をした剝製。生と死の中間地帯。

貴婦人Aを取り囲むのは、剝製以外にはありえなかった。ロマノフ王朝の遺産が金や宝石以外に剝製もあったかどうかは知らないが、現実には無かったとしてもある必要があった。

貴婦人と剝製という日本人には馴染みのない人物と物品を一つにまとめ、現実感を与えるための器として選ばれたのが古い洋館だった。

現在、日本における洋館は、オシャレ感だけでなくきまってどこか怪しく陰影が濃い。お化け屋敷感も否定できない。しかし、こうした翳りをはらんだイメージは、洋館がドンドン作られていた明治から昭和初期にはなかった。欧米につながる先進的なものとして明るく輝くあこがれの存在だった。

ところが、戦後、政治と社会の変化によって洋館を館としていた貴族階級、特権階級の没落が起こり、多くは主なき空屋敷として放置され、陰影を帯びるようになる。没落と死のイメージがまとわりついた。

この新たなイメージをたくみに利用したのが江戸川乱歩で、明智小五郎事務所は麻布の洋館のなかにあったし、怪人二十面相がしのび込むのも伝統の木造建築や数寄屋造りの家なんかじゃなくて、きまって古びた洋館だった。

戦後、洋館は、アヤシイ話にふさわしい唯一の器として乱歩によって発見されたのだが、小川洋子のこの作品も、似た器として使っている。生きていない貴婦人とそれを取り囲む半死半生の剝製をまとめて納める器として、洋館は欠かせなかった。

古びた洋館としての描写はほとんどなされていないけれど、小説の舞台としては決定的な働きをしている。伝統の和館であれば、室内と室外は雨戸と障子を通してツーツーだが、洋館は厚い壁に囲まれているから内外がふしだらに、あいまいに通じてしまうようなおそれはない。中と外の二つの世界はひとまず分けられる。

中には貴婦人と剝製のあの世。外には商人とテレビのこの世。中から外を見れば、貴婦人、剝製、洋館、と順に現実性が濃くなり、その先にこの世がある。商人とテレビの側から見ると、進んでゆくに従ってあの世性は高まってその先に死んでるはずの貴婦人が座っている。

二つの世界の間を、洋館の中と外を、登場人物たちは出たり入ったりしながら物語は進むのだが、ほとんどの描写が館の中のことにさかれていることに注目してほしい。館の外のことは、病院をのぞいて、「私」の大学のことも、剝製商オハラの雑誌社の様子も、テレビ局の光景も、ほとんど書かれていない。

シーンは、洋館の厚い壁の中に封じ込められている。そして、テレビ局の連中はむろん、「私」もオハラも、この厚い壁を意識せずに出たり入ったりしているのだが、一人だけがちがう。「私」のボーイフレンドのニコである。

洋館の内外をつなぐ唯一の通路であるドアーを、不思議な儀礼なしには通ることができない。生と死の間を、意識せずに行ったり来たりはできない。儀礼なしには通れない、というべきか、通るための儀礼を知っている、というべきか、とにかくニコには、他の人には見えない生死を分ける透明なスクリーンが見えているのだ。

一見脇き役のそのまた脇き役のごとき影の薄いニコだが、興味深い人物だと思う。

（ふじもり　てるのぶ／東京大学名誉教授・建築史家）

巻末エッセイ
喪失と蘇生

中嶋朋子

二十代の後半だったろうか、小川洋子さんの「薬指の標本」「まぶた」といった作品に次々出会い、えもいわれぬやすらかさを覚え喜びに震えた。手渡されたのは、異なるものたちの、ささやかな声に充ちる世界。そこで私は深いやすらぎを得て、初めて呼吸することが叶ったような感覚になった。胸のうち、無意識に抱えていた言語化できない違和感、社会や常識に与えられた物差しでは、どうしてもはかりようのない、心の中の襞《ひだ》。その微細な凹凸を、丁寧に、その襞の在りようのまま、寸分違《たが》わぬ正確さで読み取ってみせてくれる、小川文学にはそんな力があった。

私たちが普通に過ごす人生において、なんら関係を持つこともなく、どちらかといえば、異質で奇異ともいえる膨大な数の動物の剝製や、ロマノフ王朝の生き残り、皇女アナスタシアであるやもしれないという題材が、この物語の中で、どんな者たちも、どんな出来事をも優しく包み込んでしまうなどとは、本書の読み手の誰もが予期しないことだったろう。けれども、ひたひたと、気配だけはしていたはずだ。小川文学に充ちる「異なるものたち」からの誘《いざな》いの息吹、その密やかだけれども確かな息遣いが、ページを繰るたび、むせ返るようだったから。

素晴らしく天気のいい、日曜日の朝。襟元のゴムが伸びきったネグリジェ姿、茶しぶだらけのティーセットや、丸まったブラジャーと共に登場した「伯母さん」は、私たち読み手が、物語の入り口に立つ以前に、あまりにも濃密な空気の中に存在し、不用意に近づいてよいものか戸惑わせた。これから私たちは、この人物と手を取り合って旅をするのだろうか？　あるいは、この人物から逃れるために力を使うべきなのか？　そんな読み手の逡巡を尻目に、病室中、備品にまで施《ほどこ》された目が粗くひきつれた刺繍、彼女の首元、皺《しわ》の間に半ば埋もれたネックレス、それらすべてが、確かな力を持って、逆に私たちを識別するように見つめ返す。「これが、あなたたちが出会うべくして出会う人物の纏《まと》う世界ですけれど、何か？」そんな風に。

これらのえもいわれぬ歪《ひず》みが露わになる生々しい描写、容赦なく描き出される細部の一つ一つに触れるうち、なぜそこに、光が注がれ、照らし出されてしまったのだろうと困惑する。思考が追いつく間もないまま、筆者の紡ぐ言葉に誘われ、見てはいけないところまで、触れてはいけないところまで、瞬時に踏み込んでしまっていることに息をのむ。

小川洋子さんの手によって、日常を何気なく掬《すく》いあげるが如く描き出される綻《ほころ》びは、それが、登場人物たちに備わった重要な資質であるかのように執拗に描かれ続け、私たちはその描写を、ことあるごと、登場人物たちの深部に触れるための通過儀礼の聖水のように浴び続ける。すると次第に、私たちの中で、現実と幻想、醜さと美しさ、歪《ゆが》みと平らかさを分け隔て定めていた境界のようなものが、大きく変容し始めるのだ。

慣れ親しんだ肌馴染みのよい毛布を摑み、世界中の安堵、安寧がそこにこそ宿るとばかりに、いつまでも包《くる》まり続ける。案外、私たちの日常なんてそんなもの。自らを支え、安心を与えてくれると信じるその毛布が、自分にとって心地よいものなのか、本当に好ましいものなのか、はたまた、頼るべき確かなものなのか、改めて問うことはしない。慣習や通念に沿うことを良しとして、それこそ、風に煽《あお》られ、揺らぎ続けても、ただただ、しがみついてしまう。私たちは何を信じて、何を頼りに生きているのか？　そんなふらつく足元を見事にうつし取り、私たちに根ざす常識、価値観、感覚世界、その均衡を、いとも簡単に変容させてしまう――それが、小川洋子さんの作品がもたらすイニシエーション。その先には、平生の確かさとは無縁の世界が広がっている。

婦人が自ら抱える物語を語る時、外れそうになる入歯のため口籠《くちごも》ろうと、どんなに現実の彼女の身に綻びがあろうと、物語と共に彼女が纏う空気が貶《おとし》められることはない。むしろ、それは静謐さを湛え、こちらを心地よく飲み込んでしまう。その静けさから、読み手の私たちは、目にすることの叶わない彼女の瞳の青さを想起する。オハラが魅了された青、その深淵さ。彼女を取り巻くどんな事実をも差し置いて、そこにのみ真実は映し出され、そこにのみ確かさがある。

人生の迷いの過渡期、まだ何者であるか定める必要のない若さゆえ、語り部でありながら本作の中で漂う姪は、道を指し示すことなく私たちを導く。動物の剝製たちが、正しい場所へ納まることのないまま平らかさを湛えているように、導かぬ導き手によって物語に誘われる私たちは、不確かな世界の上でやすらぎを得られるようになっていく。

小川洋子さんの作品は、いつだって、片隅で息づくものに、そこが、そのものにとって真の在処であるのなら、「そこに居ていい」。そう、静かだけれども、確かな声で語りかける。そこにあるのは、赦し。あらゆるものへの赦し。小川文学の地表では、誰もが赦される。我々が何者であろうと、どんな在処を望もうとも。

物語は、婦人の唐突な死をむかえ、急速に、その温度と色彩を失っていく。たくさん買い足された赤と金の刺繍糸は、呆気なく無用のものとなり、手品に欠かせない子象の足のテーブルも、ナミチスイコウモリも、埃を携え永らく在るはずであった場所から、数々の動物たちと共に退いていく。あるものは二階の窓からクレーンで吊り下ろされ、あるものは逆さまに後ろ脚をつかまれ、以前の歪《いびつ》な形の調和とは比べものにならない歪んだ姿で。

木枯らしの中、長い列をなし葬儀に参列した人々のように、婦人の存在を失った時、私の胸は悲しみでいっぱいになった。婦人への愛着、信頼の情が、これほどまでに、私の中で充ちていたのかと、ふいに気付かされ途方にくれた。それは、夏の日、庭のプールに注がれた水のように、じんわりと時間を掛けて水嵩《みずかさ》を増していたのだろう。

されど、知らず知らずのうちに湛えられたその水は、彼女亡き後、悲しみだけ残して、無情なスピードでどこかの深みへと吸い込まれていってしまった。

この作品は、蘇生と題された喪失の物語だ。すべては喪失から始まり、喪失で終わる。が、しかし本当の「喪失」とは何だったのか？ そんな問いが、私の中を巡る。物語上、最初の喪失を担った伯父は、良識からは外れて映る存在であったが、常とは別種の輝きを纏っていた。強迫性障害のため、日常生活から逸脱しなければならなかったニコは、かけがえのない美しい精神を宿していた。年老いた亡命ロシア人の伯母、婦人は、虫食いだらけのシルクハットから、万国旗と、誰も侵すことの出来ない物語を、何者にも憚《はばか》ることなく生き生きと繰り出し続けていた。この物語では、喪失と近しい者たちこそが、裏腹に輝きを手にしている、そんな風に思えてしかたがなかった。

愛すべきか忌むべきか、判別のつかないままのオハラのレポートで、この喪失に充ちた物語は締めくくられる。脂ぎった、剝製のディーラーであり、誰よりも立ち回ることの上手かったオハラが、何を語るのか――。以前のレポートがそうであったように、オハラは、猛獣館での日々をメランコリックに語った。しかし、最後のそれは、虚飾の色を帯びるというよりは、むしろ誠実ささえ湛えていた。婦人と剝製たちの傍らで、彼が過ごした時間、そこに充ちていた欲求、衝動、歓び、そのすべてが、ただひたすらに、彼がそこに在る理由、「真の在処である所以」を、純粋に語っていた。

オハラの最後のレポートを読み終え、この物語を閉じたとき、私たちには、ただ、愛が残された。それはふいに、傍に寄り添っていた。この物語は、やはり、喪失ではなく、蘇生の物語なのである。

（なかじま　ともこ／俳優）

貴婦人《きふじん》Aの蘇生《そせい》 新装版《しんそうばん》　朝日文庫

2023年9月30日　第1刷発行

著　者　小川洋子《おがわようこ》

発行者　宇都宮健太朗
発行所　朝日新聞出版
〒104-8011　東京都中央区築地5-3-2
電話　03-5541-8832（編集）
　　　03-5540-7793（販売）
印刷製本　大日本印刷株式会社

ISBN978-4-02-265117-4

小川　洋子
ことり
《芸術選奨文部科学大臣賞受賞作》

人間の言葉は話せないが小鳥のさえずりを理解する兄と、兄の言葉を唯一わかる弟。慎み深い兄弟の一生を描く、著者の会心作。《解説・小野正嗣》

高山　羽根子
オブジェクタム／如何様《イカサマ》

記憶と物々が織りなす圧倒的な世界で、文芸界の話題をさらった二冊を合本、著者のエッセンスが凝縮された初期作品集。《解説・佐々木敦》

柚木　麻子
マジカルグランマ

「理想のおばあちゃん」は、もううんざり。夫の死をきっかけに、心も体も身軽になっていく、七五歳・正子の波乱万丈。《解説・宇垣美里》

今村　夏子
むらさきのスカートの女
《芥川賞受賞作》

近所に住む女性が気になって仕方のない〈わたし〉は、彼女が自分と同じ職場で働きだすように誘導し……。《解説・ルーシー・ノース》

井上　荒野
あちらにいる鬼

小説家の父、美しい母、そして瀬戸内寂聴をモデルに、逃れようもなく交じりあう三人の〈特別な関係〉を描き切った問題作。《解説・川上弘美》

高橋　源一郎
ゆっくりおやすみ、樹の下で

小学五年のミレイちゃんが鎌倉の「さるすべりの館」で過ごすひと夏の物語。子供から大人まで楽しめる長篇小説。《解説・穂村　弘》

早刷《はやず》り岩次郎《いわじろう》　新装版《しんそうばん》　朝日文庫

2023年12月30日　第1刷発行

著　者　山《やま》本《もと》一《いち》力《りき》

発行者　宇都宮健太朗
発行所　朝日新聞出版
〒104-8011　東京都中央区築地5-3-2
電話　03-5541-8832（編集）
03-5540-7793（販売）
印刷製本　大日本印刷株式会社

定価はカバーに表示してあります

ISBN978-4-02-265131-0
落丁・乱丁の場合は弊社業務部（電話 03-5540-7800）へご連絡ください。
送料弊社負担にてお取り替えいたします。